智慧公主马小岚纯美爱藏本29

我的歌星哥哥

wode gexing gege

马翠萝 著

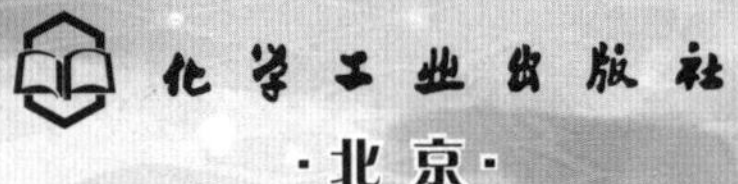

化学工业出版社

·北京·

原版书名：公主传奇　我的歌星哥哥　原版作者：马翠萝

本书为新雅文化事业有限公司授权化学工业出版社有限公司在中国内地出版中文简体字版本。

北京市版权局著作权合同登记号：01-2022-3606

图书在版编目（CIP）数据

我的歌星哥哥 / 马翠萝著．-- 北京：化学工业出版社，2022.8．--（智慧公主马小岚纯美爱藏本）．

ISBN 978-7-122-41684-1

Ⅰ．I287.5

中国国家版本馆 CIP 数据核字第 2024TL5053 号

责任编辑：张素芳　　装帧设计：关　飞

责任校对：边　涛

出版发行：化学工业出版社（北京市东城区青年湖南街 13 号　邮政编码 100011）

印　　装：河北京平诚乾印刷有限公司

880mm×1230mm　1/32　印张 5¾　字数 100 千字　2025 年 1 月北京第 1 版第 1 次印刷

购书咨询：010-64518888　　售后服务：010-64518899

网　　址：http://www.cip.com.cn

凡购买本书，如有缺损质量问题，本社销售中心负责调换。

定　　价：25.00 元

目录

周晓星
周晓晴的弟弟，一个风趣幽默的淘气精，不时有天马行空的奇怪想法。
马小岚
来自香港的乌莎努尔公主，聪明美丽、正直善良，敢于向困难挑战，最喜欢说的话是“天下事难不倒马小岚”。

周晓晴
马小岚的好朋友，漂亮活泼，喜欢打扮，最常做的事是和弟弟斗气。
万卡
乌莎努尔公国第十九代国王，风度翩翩、英勇果敢。是国民眼中的好君王，小岚和晓晴、晓星心目中的暖心大哥哥。

第 *1* 章
令人操心的哥哥

小岚没想到自己这么倒霉，一觉醒来，她又穿越了。

对于穿越这件事，小岚并不排斥。她本来就是个喜欢接受新事物、适应能力很强的女孩子。不管穿越到任何一个年代任何一种环境，她都能活得很好，都能过得很精彩。

不过，这次不一样啊！怎么不一样呢？算了，还是你们自己往下看吧！

明明前一天晚上，自己还躺在嫣明苑那间布置得温馨典雅的卧房里，但一觉醒来，就发现眼前一切都变了样。

房间里光线昏暗，好像外面的光都射不进来。小岚一骨碌爬起床，房间陈设简陋，除了自己坐着的那张床，就只有一个衣柜、一张书桌、一把椅子。

再瞧瞧，四面墙上空空的，没有挂什么画呀照片呀，只有一面不大的呈长方形的镜子。

啊！这一瞧，把小岚吓了一大跳，她死死盯着镜子里的影像，嘴巴张大，满脸的惊吓与错愕。

读者看到这里，一定在想，难道……难道小岚也跟晓星曾经历过的那样，变成了一只猫？那太糟糕了！咱们美丽高贵的公主殿下，怎可以变成一只小宠物！

噢，放心放心，小岚没有变成一只猫，她还是她自己。不过，也不完全算是自己啦，准确点说，是变小了的自己。

镜子里的小岚，小胳膊小腿的，变成了一个小女孩。

小岚跳下床，跑近镜子仔细端详，这脸，这身体，不就是跟自己七岁时的样子一样吗？

太可怕了，怎么这次穿越，竟然把自己变回了小时候的模样！这么小的孩子，不能自己挣钱，不能自己保护自己，怎么活呀！天下事难不倒的马小岚遇到这种情况，不禁也被难住了。

好迷惘，好惶恐，心里太多疑问了：为什么会变成小时候的自己？这是什么地方？这是什么年代？自己是什么身份？名字还叫小岚吗？

突然听到房间外面“砰”的一声，把小岚从深深的恐慌中唤醒。外面有人！小岚很想知道自己跟什么人住在一起，这人又跟自己什么关系。于是，她果断地推开房门。

哇哦，客厅里站着一个很高很高的巨人！小岚从下面开始往上看——一双好长的腿，一双好长的胳膊，一个好长……噢，不，一个瘦削的身体。

其实也不算巨人啦，只是因为小岚变小了，变矮了，要努力仰起小脑袋才能看到那人的脸，所以才有看巨人的感觉。其实,那只是一个身材略瘦、身高大约一米八的少年。

小岚抬头看着少年，少年低头看着小岚，两个人就这样一声不吭地互相瞧着。小岚不吭声，是因为不知道少年是谁，跟自己是什么关系。而少年不吭声，就不知道是为什么了。

还是少年先开了口，他抬手挠了挠乱糟糟的头发，说：“依依，昨晚……睡得好吗？叔叔突然把你从国外送回来，我什么都没准备。床可能有点硬，等我挣到钱，给你买张软软的、舒服的床垫。”

哦，原来自己叫依依，昨天才被叔叔送到这里来，自

己之前是跟叔叔住的。那自己这身份的爸爸妈妈呢？该不会这家伙是自己爸爸吧？小岚皱着小眉头打量着面前的人，看上去顶多十七八岁吧，脸上稚气未脱，又不像是爸爸的样子。

少年见小岚没回应，耸了耸肩，又挠了挠头，说：“你别怪叔叔，他也是没办法，他自己有四个孩子，其中一个还是刚出生的，所以没法再照顾你。哥哥已经十七岁了，也应该负起照顾你的责任了。哥哥没用，给不了你很好的生活条件，不过哥哥会努力挣钱的，会让你将来生活得好点的。”

哥哥？原来这人是自己哥哥。

少年还想说些什么，听到外面有人扯着嗓子大喊：“方子言，方子言！”

少年脸色一变，握紧了双拳，人随即有点烦躁。他对小岚说：“你待在这里，别出去，万事有哥哥顶着。”

说完，就匆匆打开大门走了出去，又转身把门关上。

小岚走到门边，悄悄打开一条缝，才发现外面全是一堆堆的破烂砖瓦，一间间被推倒的房子，似乎自己睡了一晚的，是这里唯一存在的完好的房子。

喊方子言的是几个男人，两个年轻点的样子很凶，令人怀疑是黑社会人物；还有一个是戴眼镜的中年人，他夹着个公文包，像办事员之类。见到方子言走出来，两个年轻人叉着腰，瞪着眼，努力做出一副恶样。中年人则大声质问说：“方子言，你怎么还不搬走？不是跟你说了今天是最后期限吗？我们老板说了，你再不搬，就开一辆推土机过来，把你们的房子铲平！”

方子言不甘示弱，说道：“不搬又怎样？！我们大可国是一个讲法制的国家。我的租约还有半个月才到期，而且租金已经交给业主了，你能把我怎样？”

“这一片房子我们已经收购了，租金是你原来业主收的，我们管不了！”中年人指着方子言，“你懂法律吗？好，我也可以跟你讲，你一直不搬，我们公司就不能开工，就要承受经济损失。我们可以告你蓄意延误工程，向你追讨赔偿！”

“对！告他，告到他倾家荡产！”一个年轻人大声嚷嚷。

“别浪费口水了，揍他，揍到他搬为止！”另一个年轻人张牙舞爪地喊道。

“来啊，看谁揍谁！”方子言握紧拳头，毫不畏惧。

两个年轻人气势汹汹地朝方子言走过去。

小岚见那两个年轻人身高体壮，怕方子言吃亏，便推

开门跑了出去，跑到方子言面前，张开双手，把方子言护住。

那两个家伙被突然出现的小女孩吓了一跳，忙停住脚步。定睛一看，是个漂亮得像从画中走出来的小女孩，两人都愣愣地瞧着她。

“谁敢打我哥哥！”小岚挺着小胸脯，凶巴巴地盯着那几个人。

公主虽然变小了，但威风不减啊，那几个家伙竟然被她镇住了。那中年人做出一副可怜的样子，对小岚说：“小朋友啊，我们是建筑公司的人，我们公司承接了这块地的拆迁和重建。你看整片地方就剩你们家没搬了。唉，我也是打工的，我也难做啊！”

小岚歪着头，盯着那人看了一会儿，问道：“那你们准备什么时候正式动工？”

中年人说：“三天之后。”

小岚说：“那好，我答应你，三天之内一定搬走。”

那中年人听到这小不点一本正经的承诺，心想会不会不靠谱？便偷偷瞟了方子言一眼，见他没表示异议，便说：“好啊，小朋友，我信你。就再给你们三天时间。三天哦，不能再多了。”

小岚不耐烦了，挥挥手说：“大叔，你好啰唆呀！”

中年人又瞧了方子言一眼，然后带着那两个疑似黑社会的年轻人离开了。

“真令人操心！”小岚看了方子言一眼，摇摇头，昂首挺胸地回屋了。

方子言郁闷地跟在妹妹后面。

第 2 章
方子言的秘密

小岚坐到客厅的沙发上，人小腿短，两只悬空的脚在沙发前面晃荡着。

方子言坐到小岚对面的一把椅子上，他看看小岚，又挠挠头，好像不知道怎么交流。

小岚问道："哥哥，咱们为什么不搬走？"

方子言垂着头说："离开这里，我们就没地方住了，就得露宿街头了。"

小岚很奇怪："露宿街头？为什么要露宿街头？再租一间房子不就行了吗？"

方子言嗫嚅着说："我……我钱不够。一年内房租涨

了一倍，我实在租不起了。”

钱不够，沦落到要露宿街头？那爸爸妈妈不管吗？十七岁这个年龄，很多人都还是爸爸妈妈养的呀！小岚这时候猛然想起一件事，方子言好像一直没提起爸爸妈妈。每个人都有爸爸妈妈的呀，总不能是石头缝蹦出来的。

她想问问方子言，但想想又忍住了，因为怕引起他怀疑。自己已经不是糊里糊涂的小婴儿了，不可能不知道这些的。

小岚圆圆的大眼睛眨了几眨，想起早上方子言说挣到钱就给她买张软床垫，便问：“你是在上学，还是已经工作了？”

“我早就没上学了。”方子言说，“我本来在歌厅工作，昨天刚被老板解雇了。”

小岚盯着他的眼睛，问道：“为什么？”

方子言支支吾吾地说：“因为……因为我跟人打架。”

“打架？！”小岚惊讶地看着方子言。这么大个人，还跟人打架？！

唉，好累！一场穿越，看来麻烦大了：自己不能养活自己，又遇上个没长大的哥哥，今后日子难过了。方爸爸方妈妈，你们在哪里？你们怎么就放心把七岁的女儿，扔给这个靠不住的儿子呢？

方子言见小岚定定地看着他，脸红了，他挠了挠头，说：

“我已经投了简历，等会儿就去面试。工作会有的，妹妹别担心。”

墙上的挂钟已指向十点十分，小岚的肚子咕咕响了两下，她嘟着小嘴说：“我饿了！”

“哦，哦，我马上给你做吃的。”方子言想起早餐还没吃，对妹妹抱歉地笑了笑，急忙跑过去拉开了冰箱门。

除了几瓶饮品，冰箱里什么也没有。方子言尴尬地朝小岚笑了笑，指指厨房：“我去里面找找。”

听到厨房里传出翻东西的声音，过了一会儿，方子言兴高采烈地跑出来，他朝小岚扬了扬手里一包东西，说：“我们吃方便面。牛肉味的，很好吃哦！”

这哥哥还是很能干的，烧水，煮面，十分钟就把一碗香喷喷的方便面端了出来，放到餐桌上。他把小岚抱起，放到餐桌前面的一把椅子上。

椅子太矮，小岚够不着，方子言又拿来一个坐垫，给小岚垫高一些。

小岚肚子早饿了，她拿起筷子，很快夹了面条放进嘴里。

哇，好香啊！小岚又再夹了一筷子面放进嘴里。

听到传来口水声，才发现方子言坐在对面眼巴巴地瞧着她，小岚问：“你怎么不吃？”

“家里只有一包面。”方子言咽了咽口水，说，“我昨天吃多了，现在还不饿。”

骗人，还以为我真是七岁小孩呀！小岚哼了哼，她埋头把面吃了一半，把剩下的推到方子言跟前，说：“饱了，不吃了。”

“再吃一点，乖！”方子言又把碗推回小岚面前。

小岚把脖子一拧：“不！”

方子言见她坚决的样子，便把碗拿回去，呼呼呼，几口就把面吃完了。其实他根本就是饿了。

把碗刷了，方子言回到客厅，抬头看了看钟，脸上露出纠结的样子，挠了挠头才对小岚说：“我要去面试，不方便带着个小孩。你……你可以一个人留在家吗？”

“当然可以。我是大孩子了！”小岚一口答应。以自己的实际年龄，早就可以独自留在家了。

她早就看到客厅的电视柜上放着一部平板电脑，正想找机会上网了解一下这个大可国的有关情况。等方子言出了门，她就可以想看什么就看什么了。

“好，那我走啦！”方子言挠挠头，又叮嘱说，“有人来叫门，千万不要开。”

“知道啦，快去吧！”小岚蹦下地，把方子言推向门口。

方子言拉开门，又回头叮嘱了一句："哥哥回来给你带好吃的。"

"嗯，哥哥再见！"也许是方子言那种关心令小岚感动，她第一次喊了一声哥哥。

方子言感受到了，他愣了愣，眼睛蒙上了一层雾气，他赶紧关上了大门。

大门刚关上，小岚就立即把平板电脑拿到手，然后盘起腿坐在沙发上，开机，登入互联网，在搜寻栏里打上了"大可国"三个字。

原来这大可国位于另一个宇宙里的天耀星球，这个星球有一百二十多个国家。天耀星球的历史跟小岚所在的地球很相似，也是形成于四十多亿年前。大可国是天耀星球里一个历史悠久的国家，历经多个由皇帝统治的朝代，一百多年前由一名农民领袖发动起义推翻皇帝的统治，建立大可国。现在的大可国是由国会、内阁、法院行使相应权力，国家主权属于国民。

大可国经济发达，但也跟地球上许多国家一样，贫富悬殊很严重。小岚还发现一个现象：这个国家娱乐事业发达，影星歌星等娱乐明星地位很高，受全民热捧。例如一名歌星的获奖新闻，会在互联网的热搜榜第一位上停留许

多天，热度经久不息。而一位科学家有重大研究成果的发布，却只能在榜尾出现一下，但马上就没了踪影。

小岚随手登上一个音乐网站，试听了几首热门歌曲，却觉得并不怎么样，比地球上那些歌差远了。

小岚继续上网，了解这个国家的风土民情。既然要在这里生活，多了解一些有好处。时间在不知不觉中过去了，也许是昨天晚上没睡好，小岚看着看着，身子一歪，就倒在沙发上睡着了。

门锁一响，方子言开门进了屋。他一眼看见了躺在沙发上的小岚，马上放轻了脚步。他把手里提着的一袋东西放在桌子上，然后轻轻坐到了小岚身边。

他低头凝视了小岚一会儿，突然用双手捂住了脸，泪水透过手指缝流了出来。

“依依，对不起，真对不起！哥哥没找到工作。我不应该那么冲动的，不应该听了几句冷言冷语就打人，以致丢掉了那份工作。哥哥一个人挨饿不要紧，流落街头也不要紧，但你怎么办呢？”少年喉咙里发出了一阵压抑的呜咽。

方子言一进门，小岚就醒了，只是没睁开眼睛。方子言的话令小岚为之动容，原来这个哥哥不是她想象中的那么不懂事，他是想负起哥哥的责任的，他是真心爱自己妹妹的。

方子言哽咽着继续说："爸爸妈妈去世了，那时我才十三岁，你才三岁呀！幸好叔叔把你接去抚养，但我就只能自己靠自己了，初中也没读完就去社会闯荡，去打拼。依依，哥哥爱你，你是我活在这个世界上的唯一理由。但是，两年前发生的那件事，把我打入十八层地狱，我本来就活得很艰难，我不知道怎样给你安定的生活……"

方子言悲伤的诉说，就像一个锤子，一下一下敲在她的心上，让小岚的心都碎成七八瓣了。方子言兄妹俩原来是孤儿！

两年前究竟发生了什么事？两年前方子言才十五岁吧？看来这个哥哥身上还有很多秘密是她不知道的。

"铃……"一阵电话铃声响起，打断了方子言的诉说。

方子言擦擦眼睛，从口袋掏出手机，压低声音说："喂，哪位？"

"我是张大明。"电话那头的人说话很大声，小岚也听到了。

"张先生，找我有什么事？"方子言的声音冷冷的，"是通知我合约快到期了，公司准备把我放生了吗？"

小岚竖起耳朵听着。合约？哥哥不是说刚没了工作吗？

难道他还有其他工作合约？

电话里传来声音："方子言，刚替你接了一个通告，是金星电视台的一个综艺节目。"

接通告，上节目？啊，难道方子言是个艺人！但不对啊，这个国家艺人地位很高，方子言不至于生活得这么艰难啊！而且，他不是说前天刚没了工作吗？小岚越想越疑惑。

方子言哼了哼，说："公司两年都没给我安排工作，怎么突然想起我来了。"

"还有几天才约满，公司想好聚好散吧！而且金星那边挺有诚意的，两万块钱，节目完了马上给现金。就是急了点，下午的通告。据说是因为有个嘉宾飞机晚点赶不及来，临时找你顶上的。"

方子言问："什么节目？"

对方说了一句什么，他说得有点快，小岚听不清，好像是什么"星期六"，好怪的名字。

方子言沉默了一下，好像在犹豫，但很快就答应了："好。我接了。"

对方说："那下午四点，你自己去金星电视台找节目组报到。"

听完这个电话，小岚心里对方子言多了如下信息：是一个艺人，但被雪藏两年了。是因为方子言口中的“两年前那件事”吗？她想，要不要找个合适的机会问问方子言？

方子言挂了电话后，见小岚还是闭着眼睛在睡，便走进房间换了家常衣服，做饭去了。

随着沙沙沙、哐哐哐的声音，从厨房飘出了米饭和菜肉的香味。才半个多小时，方子言就做出了两菜一汤，叫小岚起来吃饭。

方子言的厨艺还可以。一边吃，方子言一边对小岚说：“依依，哥哥接到工作了，是去金星电视台参加一个综艺节目。演出费是两万块钱，拿到钱后，我们就可以去租房子了。”

方子言看上去有点忧郁，完全没有接到了工作会有的开心。看来他并不喜欢上那个节目。

小岚停止了咀嚼，趁机问道：“哥哥，原来你是个艺人。”

方子言好像不想提这些事，沉默了一下才说：“我本来是青城电视台的签约歌手，不过公司没安排工作很久了。”

“为什么不给安排工作呢？”小岚问。

“我……”方子言看着小岚那双清澈无邪、没有一丝杂质的眼睛，他实在不想给妹妹添烦恼，“小孩子家知道那么多干吗！赶快吃饭，吃完饭哥哥还要去剪头发。”

小岚担心地看了看方子言，心里的疑团更大了。两年前究竟发生了什么，让他连提都不想提起。而且，还让签约的电视台给冷藏了。

第 3 章 综艺星期六

吃完饭，方子言匆匆收拾好东西便开始张罗出门的事。这回他没打算把小岚留在家里，他打开一个小旅行箱，从里面拿出一件白底蓝花的连衣裙，递给小岚："把这裙子换了。"

"哦！"小岚接过衣服，走进房间换衣服。

这房子就一厅一房，看来昨晚方子言是睡在客厅沙发上的。

小岚换上裙子，裙子造型简简单单，看上去也不怎么名贵，但穿在天生自带贵气的小岚身上，硬是穿出了一种名牌的感觉。小岚走出房间时，把方子言都看呆了。我妹

妹真漂亮!

方子言穿的还是上午去应聘时那套衣服，简简单单，白衬衣、水磨蓝牛仔裤。不过他身材很好，修长而不显得粗犷，加上一双大长腿，给人帅帅的感觉。

两人出门了。先去了理发馆，随着发型师的剪刀咔嚓咔嚓地弄了一阵子，一个大帅哥的模样也出来了——光洁白皙的脸庞，一双剑眉下是细长的桃花眼，高挺的鼻梁，薄薄的嘴唇。小岚歪着头看着哥哥，真有点刮目相看，还挺有明星相呢!

“哥哥真帅！”小岚笑眯眯地说。

方子言摸着脑袋，嘿嘿地笑着。哈，还会害羞呢!

临出门，方子言从衣柜里拿了一顶鸭舌帽，扣在自己头上。

金星电视台离他们住的地方不远，两人坐公交车两站就能到，下车就是目的地。

方子言在接待处报了名字，拿到了一个出入证，便拉着小岚的手走进了电视台。

方子言应该是以前来过，熟门熟路的，很快来到一个房间门口，小岚看到门口竖着一个牌子，上面写着“综艺星期六”五个字。

之前小岚上网的时候，看过这个节目的有关资料。这节目曾经在大可国红过一段时期，但近来开始走下坡路了。听说，电视台有意结束这档节目，而该节目组正在尽力挽回颓势。

一个四十来岁的中年人从里面走了出来，他看见方子言，脸上堆起了笑容："方子言，你来了。快进来快进来！我是制作总监梁道。"

方子言朝他点了点头："梁老师，您好！"

"咦，这小孩是……"梁道惊讶地看着小岚。

"她是我妹妹。"方子言骄傲地介绍着。

梁道笑道："好漂亮的小姑娘。"

"谢谢！"方子言由衷地说，在他心目中自己的妹妹的确是世界上最美的。

小岚撇撇嘴，不知怎的，她总觉得这个梁道笑得有点假。

梁道把方子言和小岚引到靠边的一张双人沙发，让他们坐下，又给他们倒了茶。

"其他嘉宾都来了，全在化妆室化妆。"梁道指指一个关着门的小房间，又说，"你在这里稍坐一会儿，有化妆师空出来我就来叫你。"

梁道说完就往化妆室走去了。

过了一会儿，梁道出来了，对方子言说：“方子言，你可以进去化妆了。”

“好，谢谢！”方子言站了起来，看看小岚。

梁道说：“化妆室里人多拥挤，小女孩就留在这里吧！不要紧的，这里很安全。”

小岚朝方子言点点头：“哥哥，没关系，你去吧！我在这儿等你。”

方子言跟着梁道离开后，小岚见沙发上有几本漫画书，便拿起来翻着打发时间。这时听到有两个人说着话，从化妆室出来了。

“喂，你看见没有，刚才进去的那个谁谁！”

“当然看见了，化了灰我都认得他。没想到他会来，想翻身想疯了吧，还敢抛头露脸上节目。不怕丢人！”

“哼，我觉得他可能连起码的羞耻感都没了。脸都不要了，还怕什么！”

“可能是为了钱吧，听说他前两天又丢了工作，快要睡街边了。”

小岚抬起头，皱着眉头看了看说话的两个人，应该都是准备上节目的。话说得太过分了吧！方子言究竟干了什么伤天害理的事，让你们这样诋毁他？

接着又出来了一个男的，跟之前那两个人凑在一起，谈话内容同样是方子言。

“你们准备好了没有，刚才梁总监说了，这期节目是他们特地把我们三个有名的‘毒舌’请来的。他说为了节目效果，千万不要给方子言留面子。哈哈，这回我可是有仇报仇，有恨雪恨了。”刚出来的那个人的说话声音有点嘶哑。

“方子言跟你有仇？”一个人问。

“没错！想当初，我跟他一起签约进电视台，他备受重视，我却一直坐冷板凳。还有，练歌时他竟然说我是鹅公喉，说我唱歌难听。哼，幸亏恶有恶报，他倒大霉了。”

“哈哈哈，你不说我还真没发觉，你的声音真的有点像鹅叫啊！”另一个人哈哈大笑。

“喂，你究竟是哪国的？！今天我们都要站在同一阵线，对付方子言的。你别到时掉转枪头对着我啊！”鹅公喉瞪着眼说。

“不会不会，放心好了！一上台我就把火力对准方子言，‘哒哒哒’地扫射。”

“咦，不是说还请了林静上节目吗？怎么还不见人？”

“她早来了，我刚才还见到她。她在另一个摄制组录节

目呢。哎，她来了！噢，民哥也来了。”

小岚早听呆了，节目组分明是挖了个大坑，等着方子言跳下去啊！

她想起了方子言接电话时曾经的犹豫。她突然醒悟到，方子言可能猜到自己将要面对什么，他本来是不想上这个节目的，他之所以答应，只是为了拿上节目的钱去租房子，让妹妹有个栖身的地方。小岚突然觉得好难受。

虽然方子言可能做错过什么事，但不等于可以让他在节目现场当众受辱啊！不能让哥哥上节目，小岚腾地站了起来，往化妆室走去。

这时梁道和一男一女走了进来，男的四五十岁，样子有点油滑，女的看上去二十不到，应该是刚刚被人提到的林静。刚才聚在一起说话的那三个人纷纷朝那中年人喊道："民哥！"

"各位好！准备上场了。大家有没有背熟台本？等会儿我主持的时候，大家要配合好哦！"被叫作民哥的人，朝那三个男的挤了挤眼睛。

那几个人心领神会，七嘴八舌地说："放心，一定配合。"

小岚走到化妆室门口，刚好方子言化好妆出来了。小岚一把抓住他的衣服下摆："哥哥，咱们走，咱们不上节目了。"

方子言愣住了，他看着小岚，哄她道："依依，乖。等会儿拿了通告费，我们就去租房子。租有两个房间的，咱们每人住一间。"

小岚固执地说："不，我不要你去，我宁愿跟你露宿街头。"

方子言正想再说什么，梁道走过来，一把拉住他说："该上场了，快走！"

"依依乖，在这里等我。"方子言挣开了小岚的手，跟着梁道，往舞台通道去了。

"哥哥！"小岚追了过去。

但她人小腿短走不快，快追上时又被一名职员拉住了："嘿嘿嘿，小朋友，这是出台通道，你不能进的。"

小岚挣扎了一下，但挣不过那只大手，只好怏怏地站在那里。哥哥已经上台了，即使自己追上去也不能当众把他拉回来。唯有希望他不会受到太多刁难吧！

小岚正坐立不安的时候，有个工作人员跑过来，对守在通道口的那人说："经理找你，快去！"

那人赶紧把通道门关上，匆匆走了。

第 4 章 恶意的捉弄

小岚见到把守通道口的那人离开，心想机会来了！她走了过去，试着把通道门一推，咦，竟然推开了。

悄悄地走进通道，走了一小段路，就可以清楚地看到舞台了。通道里光线昏暗，正好隐藏了小岚的身影。

一排五名嘉宾面向观众坐着，在他们的侧面，有一张小讲台，讲台上放着一部电话，讲台后面站着的，就是那个叫“民哥”的男主持人。

小岚一眼便发现了方子言，他就坐在最靠边的一把椅子上。他把鸭舌帽压得低低的，遮了自己半边脸，他看上去有点紧张，不安地绞着手指。

小岚红了眼睛，心脏怦怦乱跳。她心里祈求那些人别欺负方子言。

这时主持人开腔了："各位现场以及电视机前的观众朋友，你们好！我是主持人李大民！"

"啊……"台下两千多观众一齐欢呼。

李大民抬了抬手，欢呼声马上停了，李大民接着说："首先，给大家介绍一下今天的五位节目嘉宾。先介绍女孩吧！林静，新晋年轻女艺人，曾出演多部电视剧，最近还获得了年度最佳新人奖。大家鼓掌欢迎……"

在台下热烈的掌声中，嘉宾中唯一的那个女孩站了起来，朝观众鞠躬。

李大民接着逐个介绍："陈文晖，长着一张帅脸的歌手小晖，有过歌曲销量榜第十八名的成绩；这是张国宇，影视艺人，曾在多部电视剧中出演重要角色；这是王文海，我们的萌萌小鲜肉，乐坛冉冉上升的一颗新星……"

随着李大民的介绍，台下响起一阵阵热烈的掌声。

李大民接着介绍下去："最后，我们介绍久没露脸的歌手方子言……"

台下观众"轰"的一声，就像扔了一个炸弹进去一样。

"啊，真是方子言！两年没见，样子变了很多呢！"

人们有的在指指点点，有的在摇头，有的像看小丑一样看着方子言，脸上带着鄙视。小岚因为站的地方靠近观众席，隐隐约约地听到有人在议论：“原来他就是两年前丑闻缠身的方子言！他长大了，帽子又遮了半边脸，我竟然认不出来。”

小岚心里越来越不安，两年前，方子言究竟做了些什么？

李大民笑嘻嘻地问道：“好了，嘉宾介绍完了。我知道在座的五位，有些好久没上综艺节目了，大家有什么感想要说啊？接到通告时，会不会很惊喜呀？”

陈文晖装模作样地拍拍胸口，说：“啊，我想是惊吓多于惊喜吧！”

陈文晖就是那个“鹅公喉”。

李大民装出一副惊讶的样子说：“啊，为什么呢？”

陈文晖指指坐在最右边的方子言说：“因为我看到了一个可怕的人，这个人跟我是同期进艺人训练班的。他抢上位、抢资源，他还喜欢打人。相信大家都记得他因为打人被警察抓了，拘留了很多天。今天见到他，我好怕哦！我怕他死性不改，不高兴就给我一拳，把我这张可爱的脸打坏了怎么办？”

小岚脑子轰的一声，哥哥真是这样的人吗？哥哥提到过的两年前那件事，就是他打人被抓吗？她看着脑袋低垂的方子言，心里百感交集，不知是该恨他还是同情他。

李大民拍拍陈文晖的肩膀，半开玩笑地说：“小晖，不怕不怕，我们台有高大威武的护卫呢！你不会被打的。”

这时王文海说：“当我接到通告时，觉得很沮丧，因为看到嘉宾名单里有方子言的名字。我想是不是公司要放弃我了，竟然让我跟方子言这样的人同台演出，是不是准备要我退出娱乐圈了？”

张国宇接着说：“我接到通告时觉得很奇怪，两年前那么多人让他滚出娱乐圈，他好像也销声匿迹好久了，怎么今天又露面了呢？真好意思啊！”

李大民时不时插几句，起着推波助澜的作用，见三位男嘉宾都很合作地攻击方子言，心里乐开了花，心想这回收视率肯定会创新高。他见林静一直不出声，便说：“林静，你也来说说嘛！”

林静是唯一一个没事先安排攻击方子言的嘉宾，不过李大民还是希望她也嘲讽方子言几句。林静一向为人厚道，如果她能配合，效果更好。

林静皱了皱眉头，说：“对不起，我喉咙疼，就不说

了吧！”

李大民打着哈哈说：“林静害羞呢！好好好，这个环节就不浪费太多时间了，因为我们下面还有很丰富的内容呢！好，现在开始游戏环节，像往常一样，输了就要接受惩罚哦，不知你们做好准备没有？”

“早准备好了！”

“尽管放马过来！”

“今天就林静一个女孩。林静你放心，我们一定会照顾你的。”

台上三个男嘉宾你一言我一语的，李大民这时把手往下一压，说：“各位静静，那我们就开始下面环节了。请拉开幕布，登登登登……”

嘉宾背后的暗红色帷幕缓缓拉开了，露出五张圆凳子，每张凳子上方，都有一个沉甸甸的大气球。

“请各位就座！”李大民做了个邀请的手势。

五名嘉宾起立，有工作人员上来收走了他们之前坐的椅子。

“啊，气球里面装的是水吧？这气球会不会自己爆开呢？”林静看着大气球，有点担心。

李大民说：“放心好了。除非我们工作人员有意让它炸开，否则它不会自行爆掉的。”

林静这才小心翼翼地坐到气球下，不时还提心吊胆地抬头盯一眼。

陈文晖、王文海、张国宇那三人，倒是毫不犹豫地坐上去了，好像觉得自己一定不会输似的。

方子言面无表情地走过去，坐到凳子上。

李大民见大家都坐好了，便说：“我们今天的游戏环节有个新玩法，不会像以往那样，要嘉宾回答问题，答不上来就算输。今天这环节叫‘最讨厌的人’，做法是随机抽取娱乐圈艺人的名字，抽到就打电话做即时采访，问他们最讨厌的圈中人是谁。如果对方说出的人是在场嘉宾中的某个人，这个人就算输，就要接受惩罚……”

“噢，我向来人缘很好的，我一定不会被罚！”

“我也不错啊，看来我也一定能逃过大难。只是有的人就难说了。”

几个男嘉宾又七嘴八舌地抢着说话，说话时还句句带刺，分明是另有所指。方子言仍低头不发一言。

小岚听到李大民的游戏规则，心里很明白，这绝对是针对方子言的。

李大民宣布打电话环节开始。虽然那几个嘉宾口口声声说自己一定不会受罚，但看他们不时偷偷瞄一眼气球，就知道他们心里也挺没底的。

反而方子言，从头至尾一副漠不关心的样子，低着头默默地想着什么。

“好，下面开始选人了。”李大民用手按了按手里一个遥控器。

舞台正面的大屏幕上长长的一列人名在迅速往上退走，李大民突然一按遥控器，屏幕上留下一个名字——杨阳。

李大民大声宣布：“第一个接受我们电话采访的是歌手杨阳。杨阳大家知道是谁吧？”

“杨杨杨杨，我们心中的小白杨！阳阳阳阳，我们心中的小太阳！杨阳我们永远支持你！”一帮歌迷兴奋地喊着，还十分整齐呢，显然是预先排练好的。

李大民用手指虚点观众：“我就知道你们会激动。”

李大民把手伸向讲台上的电话，在上面按了杨阳的电话号码。

“铃——”电话接通了。

“嘘……”李大民把食指搁在嘴边，提醒粉丝们安静。

“喂！”电话那头有人说话了。

“杨阳吗？我们这里是《综艺星期六》，我是主持人李大民。"

"民哥您好！"

"杨阳，今天这期《综艺星期六》增添了一个打电话采访环节。"

"哇，民哥的节目就是厉害，花样层出不穷。想问什么，保证畅所欲言。"

"怪不得都说杨阳是娱乐圈的乖宝宝，该你这么红的。"

"谢谢民哥！我一向都很乖的，即使红了也不会为所欲为，那样是会倒霉的哦。"

"哈哈，说得对说得对，这是无数事实证明过的。好，闲话少说，杨阳，其实今天的采访很简单，只问你一个问题，在我们娱乐圈里，谁是你最讨厌的人？"

小岚的心扑通扑通地跳了起来，她害怕听到那个名字。

她看向方子言，发现他一脸木然地坐着，只是两只搁在腿上十指紧扣的手出卖了他，那双手用力得青筋尽露。

"最讨厌的人？那还用说吗？肯定是那个谁谁，那个方子言了！咦，这节目不是直播的吧？这段删掉，删掉，我怕方子言看到了打死我。"

李大民故作得意地说："晚了，虽然这节目不是直播，但现在方子言正在节目现场呢！他已经听到了。"

“啊，死了死了，我得马上请保镖天天跟着我……”这杨阳不愧是个艺人，好会演，其实他早就知道方子言就在现场了吧。随机抽取艺人名字是假的，节目组想操控抽取结果，指定受访艺人，有的是办法。

“好，那就不耽误你时间了，快去请保镖吧！再见！”李大民打着哈哈，挂了电话，“呵呵呵，很不幸，第一个电话就有嘉宾中招，方子言接受惩罚！”

李大民话音未落，工作人员就拉了引爆水球的装置，“砰”的一声，气球爆了，里面的水一下子全浇在方子言的头上。

台上台下，发出哗哗的叫声，还有女孩子的尖叫声。毕竟人都是善良的，见到方子言被水浇得头发、衣服都湿透了，都惊叫起来。

林静好像受到的惊吓特别大，水球爆炸的时候，她竟砰地一下站了起来，她脸色苍白地看着狼狈的方子言，眼里神情复杂。

“方子言，实在遗憾啊！游戏规则是这样。下一个电话应该不是你受罚了，哪有那么多人讨厌你啊，你说是不是？”李大民装模作样一番，又说，“林静胆子好小啊，快坐下。下面打第二个电话。”

李大民把之前的动作又重复了一遍，选中的名字是朱美丽。

台上几个男嘉宾互相瞅瞅，心想好戏又来了。朱美丽是太阳组合的组员之一，而太阳组合正是方子言曾做过主唱歌手的歌唱组合。

朱美丽曾是方子言的搭档，不明真相的观众还以为真是那么巧选到她了，大家都竖起耳朵想听听她会说什么。

“铃——”铃声响了，有人接电话了。

“喂……”一个娇滴滴的女声。

“是美丽吗？我是《综艺星期六》的李大民。”

“大民哥你好！找我什么事啊？”

“我在录节目……”

“啊，天哪天哪！是大整蛊节目吗？你们不是要捉弄我吧！”朱美丽开始演了。

“不是啦！我哪儿敢捉弄大美女呀！我只是要你在电话里回答我一个问题。”

“哦，什么问题？难答吗？”

“一点都不难答。你只须回答我：你最讨厌的人是谁？”

“啊，我最讨厌的人吗？让我想一下下……”又开始演了，“噢，想到了，不过我不敢讲哦，他很凶的呢。”

“不怕不怕，有我大民哥保护你。”

“好，那我说啦，要保障我人身安全哦！我最讨厌的人是……”

现场观众都竖起耳朵，静等她说出名字。而那三个男嘉宾就做出一副害怕样子，拼命摇手，好像电话那头的朱美丽能看到似的。那个名叫林静的女孩，低着头，脸色十分难看。

“我最讨厌的人是……”朱美丽又卖了一下关子。

现场炸了，人们嚷嚷着：“快说快说！”

朱美丽大声喊道：“方一子一言！”

啊，又是他！现场观众哄然。他们虽然很不喜欢这个人，但也觉得有点过分了。

嘉宾中的三个男的，之前说东道西，挺嚣张的，但这时却沉默着看向一身狼狈的方子言，好像也觉得有点过了。而那唯一的女嘉宾林静，一把捂住脸，不忍再看。

李大民挂了电话，看着方子言说：“方子言，你今天怎么了，竟然又中头彩。”

方子言冷冷地看他一眼，没说话。

这时，新换的那个水球又猝不及防“砰”一声爆了，“哗”

的一声，水又倒了方子言一头一脸一身。为提防水流进眼睛，他死死地闭着眼睛。要不是为了妹妹有个遮风挡雨的家，他一定不会来受这些屈辱的。他已经做好了心理准备，只要节目不结束，后面一定还有第三个水球、第四个水球在他头上爆开。

突然，他感到有柔软的东西在轻轻地擦着他脸上的水，他睁开又酸又涩的眼睛，看见了站在面前的妹妹，她不知什么时候走到了他面前，正拿着一个手绢，轻轻地给他擦着，擦着。

自节目开始后，小岚一直站在舞台通道上，看着舞台上发生的一切，节目组的做法令她气愤。为了节目效果，吸引观众，现在很多综艺节目都有类似的游戏，不过，那是建立在嘉宾自愿的基础上，又在嘉宾能接受的范围里的。但这期《综艺星期六》，却用了过激的方法，不择手段去利用方子言，先是指使人揭露他两年前的隐私，继而设置惩罚游戏让他狼狈不堪，刺激观众感官、引发公众话题，试图用这样的手段，来挽救他们节目收视率下跌的局面。

小岚越看越愤怒。不管方子言做过什么，都不能这样对待他，这样做太卑鄙了。所以，当方子言又一次被水浇的时候，她实在忍不住了，“腾腾腾”跑上了舞台。

台上的主持人和嘉宾，还有台下的观众，都愣愣地看着那个突然出现的小女孩，全场鸦雀无声。

小岚认真地给哥哥擦干净脸上的水，又握着哥哥冰冷的手，说:“哥哥，咱不要他们的钱，咱们走。”

方子言静静地看着小岚，从她的眼睛里，从她的手心里，都感受到浓浓的暖意，他笑了，然后点了点头:“好，哥哥听你的。”

方子言站起来，拉着妹妹的手，头也不回地离开了舞台，离开了电视台。

第 5 章 哥哥不哭

“哥哥，你还有哪些事是我不知道的？今天那些人讲的，关于你的事，是真的吗？”回到家后，小岚就向方子言发问，她小脸上全是严肃。

“妹妹，哥哥把什么都告诉你。”方子言用沉重的声音慢慢地说了起来，“爸爸妈妈去世后，叔叔把你带去了国外，我留在了国内读书，靠着政府补贴的助学金和叔叔每月寄给我的微薄的生活费，艰难地生活着。不久我放弃学业，考入了电视台的艺人训练班。我希望能一举成名，挣到钱养活你和我自己。一开始很顺利，我遇上了一个很好的艺人部经理——李叔。半年的练习生生活后，李叔安排我跟另外五个男女艺人，组成了太阳花天团，让我担任主唱。我们一边刻苦排练，学舞、练歌，一边大造声势，准备两个月后出道。所有人都很看好太阳花天团，看好我，太阳花天团还没正式出道就有了自己的歌迷，有了一个近万人的歌迷会。而我也满怀信心，觉得前景一片光明。”

小岚追问：“那后来呢？为什么那些人说你打人，差点儿要坐牢？后来发生了什么事？”

方子言吐出了一口气，继续说：“有一天，我在电视台吃完晚饭，打算去琴房练琴，没想到见到有人想非礼一个小女练习生，小练习生反抗，那人竟狠狠打了她一巴掌，把她的嘴都打出血来了。那个人我见过，他是一个富二代，名叫万家富，平时最喜欢来电视台纠缠女明星。我立刻上前制止，一把抓住了他高举的手。万家富见我阻挠，恼羞成怒，对我又打又抓，把我脸上都抓出了血，我出于自卫跟他打起来了，他没我力气大，跌倒在地，鼻子也流血了。那家伙打电话找他父亲，说我把他打成脑震荡了。他父亲不分青红皂白打电话报警，把我抓到警察局。万家富故意夸大伤情，又给警局假口供，反咬一口说我非礼小练习生，他见义勇为被我打伤。本来如果小练习生能站出来说出真相，我就完全没事的，但没想到，那小练习生不知为什么

说了谎，给出了跟万家富一样的口供。于是警察局把我正式拘留，准备起诉。万家富的父亲到底心虚，怕把我逼急了会拼命找证据证明自己清白，那反而对他儿子不妙。于是便假惺惺地表示，看在我还没成年，年少不懂事，不打算告我了，只是要电视台把我开除出太阳花天团，雪藏起来不给工作，直到合约结束。那时我有冤没处诉，谁也不相信我是无辜的。我成了狂妄无知、目中无人、欺男霸女的坏人。我孤立无援，因为跟电视台的合约未结束不能去工作，只能到处去做临时工，这里做几天，那里做几天，收入仅能应付日常开支……早前有家歌厅的驻唱歌手生病住院，本来请了我去顶替一个月，但刚做了几天，又因为在台上唱歌的时候，有客人拿我两年前的事来进行冷嘲热讽，我一气之下打了他，所以工作又没了。当时我不知道你会回来，不然我决不会那么冲动的……"

"哥哥……"听方子言说了事情的来龙去脉，小岚心里无限同情。她把哥哥的手握住，希望给哥哥一点温暖，希望哥哥知道还有个妹妹在关心他。

"哥哥，别怕！即使全世界都抛弃你，还有我呢！"小岚朝哥哥握了握小拳头。

方子言定睛看着小岚，他只觉得喉咙有点堵，眼睛发酸。

自从爸爸妈妈去世之后，多少年了，他都是一个人在奋斗，一个人在拼搏，除了跟着李叔那段短暂的时间，他都忘了有人关心有人护着的感受是怎样的了。

没想到，今天，他却从自己那看上去弱弱的、小小的妹妹那里得到了。

“依依！”方子言一把搂住小岚，忍不住痛哭失声。爸爸妈妈去世的时候，他都没这么哭过。

他哭自己早逝的父母，哭自己那艰辛的两年，哭自己可怜的、早熟的妹妹，要不是父母早逝，要不是自己那么不堪，妹妹应该还跟大多数同龄小女孩一样，天真烂漫地玩着芭比娃娃，依偎在爸妈身边撒娇，怎会变成这样的小大人，竟然要做哥哥的依靠。

“不哭，不哭，哥哥不哭……”小岚拍着方子言的背。

方子言哪里会想到，眼前的妹妹，小小的躯壳里有着一个多么强大的智慧型大脑。小岚决心帮助这个异世界的哥哥重新崛起，堂堂正正地站到所有人面前。她相信自己一定可以做到。

天下事难不倒的马小岚嘛！即使是在另一个世界，另一个天下，这句话仍然生效！

许久，方子言才从无尽的激动和内疚中回过神来，他

握着小岚的手，眼神坚定地说："妹妹，谢谢你！"

小岚嘴角一翘，回握哥哥的手，笑着说："咱们一起努力，加油！"

小岚说完，"腾腾腾"跑去把电脑拿来，放在桌子上。

"哥哥，既然当年李叔那么看好你，让你做主唱，相信你唱歌一定不错。你现在缺的是一个舞台，一个真正能展示你才华的舞台。"小岚边说边登上互联网，"这个舞台，我给你找到了。"

小岚打开了一个网页："看，《蒙面歌手》，白桦电视台最近推出的歌唱比赛节目。"

"《蒙面歌手》？"方子言愣了愣。

因为跟电视台合约未完，他无权报名参加任何比赛，而电视台也不会替他报名，所以这两年他都没有去关注这类型的比赛。

不过，按照《蒙面歌手》的开始时间，之前的合约应该已经到期了。

小岚继续说着。她告诉方子言，《蒙面歌手》是今年白桦电视台推出的一个重磅节目，任何一位市民都可以参加。这个节目跟别的选秀节目最大的不同是参赛者全部蒙脸，这就杜绝了参与投票的人以貌取人，以身份取人；这就可以让长得不好但歌唱得好的参赛者，或者没有一点名气的民间歌手，都得到公平对待。

“要准备多少首歌？”方子言有点犹豫地问。

大可国很尊重原创，版权意识很强，使用别人的创作成果全都要付费。这就是说，参加歌唱比赛时，如果唱的是别人写的歌，每唱一次都要付给对方费用，而且价钱不低。

参加一次比赛，如果有机会一路过关斩将直到决赛，那要唱很多首歌呢！那得准备多少钱才够啊！

“那我们唱原创歌曲好了。”小岚满不在乎地说。

“我……我不会写歌。”方子言有点不好意思地说，他觉得辜负了妹妹的一片心意。

“没关系。”小岚神秘地笑了笑，说，“我给你。”

小岚一点压力都没有啊！在她那个时空里，那么多好听的歌，搬来给哥哥唱就是了。

方子言大吃一惊：“你……你会写歌？”

小岚摇摇头说：“这点等会儿再揭晓。我先唱一首给你听，你看看怎么样。”

小岚一本正经地站在客厅中间，双手放在背后，开始唱了：

“有时候我觉得自己像一只小小鸟，想要飞，却怎么样

也飞不高……”

小岚一开腔，方子言就被吸引住了。这歌，好好听啊！

“怎么样？”小岚唱完以后，见到方子言仍在发呆，便用手在他眼前摇摇，“喂，哥哥，醒醒！”

方子言这才清醒过来：“好，写得太好了。歌词好，曲子好听，依依，这歌究竟是谁写的？”

小岚总不能说，是另一个世界的人写的。她想了想，就编了个故事：“是这样的，我之前不是住在国外叔叔家吗？叔叔把家里的小阁楼出租了，住了一个喜欢旅行的伯伯。伯伯很喜欢自娱自乐，每当有空便在房间里弹吉他，唱一些我从没听过的歌。每当伯伯唱歌时，我都会跑去听，后来还和伯伯做了好朋友。伯伯说他唱的歌都是去某个地方旅行时，有所感受写的，不会发表，不会公开唱。刚才我唱的，就是伯伯唱的歌里面的一首。”

方子言说：“这歌我的确没听过，这老先生说的话是真的，他写歌只是用来自娱自乐。但是……这歌毕竟是老先生写的，我这样不经过他同意，用他的歌去参赛，这样不行。要不，你跟他联系，征求一下他的意见。另外，我现在没有那么多钱，可不可以先欠着，等我以后有了钱再还给他。”

小岚挥挥手，说：“我没法找到他的。他是个旅行家，之前租了叔叔的房子只是住了一年，然后就走了，也没说之后去哪里，也没给我留下联络方式。不过，他临走时跟我说过，那些歌就算作他留给我的礼物，怎么处理随我。”

方子言感到不可思议：“啊，有这样的事！”

“是的，就是这么一个神仙般潇洒的伯伯。他唱了很多歌呢，我都记在脑子里，够你参赛用的了。”小岚得意地说。

“好，依依，你真是哥哥的小福星呢，我就报名参加《蒙面歌手》，就唱这神仙伯伯的歌。”方子言兴奋地找来一把吉他，开始唱起来，“有时候我觉得自己像一只小小鸟，想要飞，却怎么样也飞不高……”

小岚眼睛一亮，她太惊讶了。好厉害啊，自己刚刚只唱了一遍，方子言竟然一字不漏、一个音不差地唱了出来。而且，哥哥的声音很好听啊，有点儿像她原来那个世界的林志炫，或者李健，简直让人沉醉其中。

“哥哥好棒，哥哥好棒！”小岚忍不住拍起手来。

“啪啪啪啪！”咦，怎么听到门口有人鼓掌。

小岚和方子言扭头一看，都吃了一惊。大门半掩，一个漂亮女孩站在那里，正一脸激动地鼓掌呢！

咦，这个人还是见过的，正是刚才一起参加节目的嘉宾，林静。

第 6 章
录音师刘彬

见到方子言两兄妹都在看她，林静有点不好意思，她说："我是从电视台直接过来的，我想跟方子言说声对不起。节目组的做法太卑劣了，我知道他们不对，但也没能帮你。心里实在内疚，就跑来道个歉……"

在刚才的节目中，唯一没有对方子言进行恶意攻击的，就是这位林静。小岚对她很有好感，便走过去，拉着林静的手说："姐姐，之前的事错在节目组，与你无关，你不用内疚。请进来吧！"

林静坐到沙发上，就迫不及待地对方子言说："刚才在门口，听到了一首从没听到过的歌。歌好，你唱得也好。我建议你去参加一个节目——《蒙面歌手》,这节目很适合你。”

小岚和方子言交换了一下眼神，心想，真是所见略同啊！

方子言为林静的热心所感动。他说：“谢谢你。其实刚才我们也在考虑参加《蒙面歌手》比赛。”

“噢，那太好了！”林静很高兴，但马上又皱起眉头，说，“不过，你们知不知道，明天上午，就是报名的最后期限，中午十二点前就会截止了。”

“啊，这样啊！幸亏姐姐你提醒，不然我们就错过了！”小岚急忙起身,拉着方子言就要走,“那我们现在就去报名。”

“小妹妹，慢着！不是去报名那么简单。这档节目因为要对歌手身份保密，所以不搞海选了。歌手事先唱一首歌，录了音报名时交到电视台节目组，由专业人士组成评审团来进行评定，选出一百人参加初赛。方子言，你有没有录好的单曲？报名时，就要把录好的单曲一同交上去呢！”

方子言挠挠头：“我没有啊！”

小岚着急地说：“姐姐，能用手机录吗？我们现在马上就录。”

林静摇摇头说：“手机不行。别的参赛者都是去录音棚录的音，还有乐队伴奏，录好多遍，力求做到最好。你随

便用手机录，又没有伴奏，效果肯定不好，选上的机会微乎其微了。”

小岚急死了：“那怎么办呢？现在都傍晚了，录音室都关门了吧！林姐姐，如果明天上午去录音，来得及吗？”

林静叹了口气：“那太冒险了。找到录音室，找到乐队，然后再进入录音阶段。有时不顺利，花几天时间都未必能录好一首歌。”

“啊，那怎么办？”小岚很着急。方子言要打翻身仗，这个比赛是最好的机会，绝对不可以错过。

因为这些年无数次的挫败，方子言一直对自己信心不足，听到林静的话本来已有点泄气，但见到小岚焦急的样子，又觉得自己不能辜负她的期望，便说：“妹妹别急，我现在就打电话找录音室，找遍全城，或者还有没结束营业的呢！”

方子言拿出手机，开始查找本地的录音室电话。

林静突然“哎”了一声，她一拍脑袋：“我怎么就忘了呢，我有个表哥就是搞录音的呀！我马上给他打电话。”

方子言和小岚一听，互相交换了一下惊喜的眼神，这简直太幸运了，林静的表哥，相信他一定肯帮忙。

“我马上给表哥打电话！”林静急忙拿出手机拨号，马上就通了，“喂，彬表哥，我是林静。你在哪儿？”

由于林静开了免提，所以清楚地听到对方的说话声音：“我在录音室呢，表妹找我有事？”

“哈哈，太好了。我有个朋友，急着录一首歌，明天报名参加《蒙面歌手》，你能帮忙吗？”

“啊，你这个朋友怎么这样淡定，明天就截止报名了吧！我这段时间也给不少参赛的人录了歌，但他们都是早在一个月前就开始录制，没有像你朋友这样慢条斯理的。”

“噢，因为他是临时决定参赛的，所以才这么迟。要不我怎会求到你头上呢！我的好表哥，帮帮忙，好不好？”

“好好好，看在你份上，就帮你朋友这一回吧！不过，乐队已经走了，你朋友可以自弹自唱吗？”

林静转头看着方子言，方子言点点头：“我可以弹吉他。”

“那就没问题了。我这里有吉他。”刘彬说。

“好，我们二十分钟内到。”林静兴奋地说。

“解决了！”林静挂了电话，“咱们赶快走吧！我有车，送你们去。”

方子言不好意思地说：“真是太谢谢了，这得耽误你多少时间啊！”

“没事没事，走！”林静拉着小岚的手走出大门。她拿

出车钥匙，对着门口一部宝蓝色的小轿车按了按，车门无声地开了。

一路上，林静把车子开得很快。突然，她想起了什么："方子言，我建议你把刚才唱的那首歌留作参赛时用，别浪费了。你等会儿可以唱另一首，参加海选的歌不一定要好听，嗓子好才最重要。这首歌太好了，可以留在比赛中和强手竞争时用。"

方子言还没回答，小岚就抢着说："没问题，我再给哥哥一首新歌。"

林静看看方子言，又看看小岚，眼里满是惊讶。怎么新歌成大白菜了，随便就可以拿出来。

小岚拿来一张纸，低着头很快地写写写，不一会儿，就把一张谱子递给方子言。

虽然方子言听妹妹说过旅行家伯伯的事，但也为妹妹像有个叮当猫百宝袋那样，随便就拿出一首歌来感到惊讶，那林静就更觉得匪夷所思了。

"《仰望星空》？"方子言看了一下歌名，然后就看着谱唱起来了。

"这一天，我开始仰望星空，发现星并不远梦并不远，只要你踮起脚尖……"

曲子很好听哦，词也填得好！林静听着听着，心里更加惊奇了。这小妹妹哪来这么多的原创歌曲，还都这么好听！她真想把车停下来，问个明白。

聪明的小岚看到了林静的惊疑，她笑着说："林姐姐一定很奇怪，我哪来这么多原创歌曲吧？"

"嗯嗯嗯！"林静连忙点头。

小岚便把跟方子言说的那番话，跟林静说了一遍。

"哇，真的跟小说里写的那样，太神奇了！"林静惊叹着。

刘彬的录音室很快到了，林静停好车后，领着方子言兄妹上了录音室所在大厦的二十五楼，按了门铃。门很快打开了，一个头发乱糟糟的脑袋伸了出来。

"表妹，快进来。"原来这人就是林静的表哥刘彬。

林静挺不好意思地说："表哥，谢谢你啊！这么晚还麻烦你。"

"没事，反正我是收钱的，当加班吧！"刘彬看了看林静身后的两个人，"录音的是谁？大小孩？小小孩？"

"咦！"他突然睁大了眼睛，一脸的惊异，"你？你不是……方子言吗？是你……要参赛？"

方子言愣了愣，随即有点不自然地说："是我，方子言。

是我来录音，准备参赛，不行吗？”

小岚听方子言话语不善，明白是刘彬刚才的话引起了他一些不好的回忆，生怕刘彬再说些不好听的，忙上前一步，挡在方子言面前。她咧嘴一笑，露出两颗小虎牙，两只眼睛弯弯的，就像两个小月牙儿，她对刘彬说：“哥哥，我是方依依。谢谢你这么晚还肯帮我哥哥录音。”

刘彬眼前一亮，哇，好一个漂亮可爱又有气质的小天使！他马上把注意力转到小岚身上：“小朋友别客气，小事一件，小事一件。”

“我不想弄太晚影响哥哥休息，咱们马上开始录歌好不好？”小岚笑眯眯地说。

“好好好！小朋友真乖，真懂事。”刘彬咧开嘴笑着，“好，马上开始，给我一份歌谱。”

方子言把手中的歌谱交给刘彬：“就一份，给你吧！我会唱了。”

“哥哥，加油！”小岚朝方子言挥了挥拳头说。

“嗯。”方子言摸摸小岚的脑袋，然后拿着吉他走进了录音棚里。

他拉了张凳子，坐了下来。把吉他调了一下音，然后朝玻璃墙外的刘彬做了个 OK 的手势，示意他可以开录。

刘彬朝方子言回了一个 OK 的手势，示意方子言可以开唱了。

录音棚内的录音提示灯由红灯变为绿灯。

方子言闭上眼，翘起一条腿，左手按出和弦，右手指尖化为拨片，熟练地拨动吉他琴弦，开始了《仰望星空》的演唱。

刘彬按下了外放键，让外面的人可以听到棚内的方子言唱歌。他自己则戴上了可以听得更为精细的监听耳机。

刘彬因为工作关系，几乎每天都跟娱乐圈的人接触，两年来听了无数有关方子言的流言蜚语，对这个名声已经臭了的少年印象很差。今天只不过看在他的可爱又懂事的妹妹分上，看在自己表妹份上，帮他这个忙。但他对方子言能否录好一首歌，能否凭这首歌入选《蒙面歌手》初赛，他一点不看好。一个品行不好，又离开歌坛多年的过气歌手，能唱得多好，更别说是要唱原创歌曲呢！鬼才肯给这样的人写歌！不怕白糟蹋了吗？

小岚握着拳头，望着棚内的方子言。说真的，她心里有点紧张。虽然刚才已经听过方子言唱歌，知道他嗓子的先天条件不错，但现在正式录音，心里还是有点紧张。能不能在海选中入围，就看今晚这首歌了。

林静向刘彬要了一个监听耳机戴上。她看着棚里的方子言，心里暗暗说，方子言，我能帮的就这么多了，你自己要努力啊！

方子言的吉他弹得不错，一段简单的前奏，就可以看到他的功力了。

刘彬眯着的双眼睁大了点，这前奏不错。到方子言亮开嗓子唱起来时，他眼睛又睁大了些，嗓子不错，这家伙可以啊！

听着听着,他眼睛越睁越大,越来越亮,这首歌好好听!他激动了，这是他这个月来，替参赛者们录歌，水准最高的一次，歌好，歌手唱得也好。

旁边的小岚和林静也听得醉了。专业的录音棚，专业的效果，听起来特别不同，特别棒。两人都忍不住一齐给方子言竖起了大拇指。

棚里的方子言受了鼓舞，唱得更认真了，一曲唱完，棚外三个人都情不自禁拍起手来。

“不错不错！”方子言从录音棚出来，就听到刘彬的称赞。

因为喜欢音乐而开录音工作室的刘彬，每次听到好歌都会很激动,他甚至忘了因方子言的过往带来的不快:“方子言,真是没想到啊，你竟然这样厉害。这歌是你创作的吗？”

“不是。”方子言看着小岚，“创作这首歌的那位旅行家叫……”

小岚说:“叫钟国仁。”

这首歌是另一个宇宙时空的中国人写的，用个谐音。

“钟国仁？没听过这名字。”刘彬眨着眼睛,想了一会儿,又感慨地说，“真是高手在民间啊！写得实在好，棒！”

林静这时也松了口气，这首单曲送上去，推荐入选的

可能性很大。

这时刘彬把录好的歌播放了一遍，跟方子言指出了演唱中的瑕疵，于是方子言又进了录音棚，重新唱了一遍。就这样唱了一遍又一遍，直到大家都满意时，已是晚上十点多了。

“刘哥，多少钱？”方子言问道。

“你是我表妹介绍来的，就收个成本价吧，五百块行了。”刘彬一挥手。

“噢，那多不好意思。”方子言感激地说。

刘彬说：“没事没事！我今晚听了一首好听的歌，还赚了呢！”

方子言没再跟刘彬客气，因为实际上他也没多少钱了。

他拿出钱包，掏呀掏，拿出来一把皱巴巴的钱，放在桌上。他找到几张五十元的，又把一些十元的数成十张一沓，数了五百元出来，然后又把剩下的一堆硬币放回钱包里。

方子言把钱递给刘彬：“谢谢刘哥！”

刘彬一直看着他数钱，心里明白这少年可能是手头拮据。见方子言递钱给他，犹豫了一下，还是伸手接了，又说：“你以后有歌要录，尽管来找我。那位钟国仁大师，会一直给你歌的吧？”

因为之前小岚说过，那个伯伯给她唱了好多歌，所以方子言就点点头:“会的，会的。”

“那太好了。”刘彬听了很高兴，他又对方子言说，“我看你也不像那些人说得那么糟糕。谁年轻时没做过错事，忘了过去，从头开始吧！照顾好妹妹，她是个好孩子。”

方子言也没解释，只是嗯了一声。

刘彬还要留下加班，把刚才录的歌作后续处理。他让方子言先走，明天再来拿完成的单曲。这么晚了，方子言不困，小妹妹也撑不住呢!

林静要送方子言兄妹回家，方子言坚决不肯，这么晚怎可以再让一个女孩子送呢！跟刘彬和林静说了再见，方子言便拉着小岚走出了录音室。

坐在公交车上，小岚问:“哥哥，你跟林姐姐很熟吗?她很帮你啊！”

方子言摇摇头:“一点不熟，其实我今天是第一次跟她见面。”

小岚心里满是感动，她说:“这世界上，还是好人多啊！林姐姐，还有刘彬哥哥。所以，哥哥，你要努力，要为关心你的人争口气，也要让大家知道，你是一个什么样的人。”

“我会的。谢谢依依！”方子言用自己的大手，包住了小岚的小手。

第 7 章 当年真相

从下车的公交站走回家，有十几分钟的路程，兄妹俩边走边说话，也不觉得路长。

离家越来越近了，小岚突然觉得有点不对头，她停下脚步，咦了一声，借着昏黄的路灯，可以看到前面全是颓垣败瓦。

他们住的房子呢？

方了言也发现了不对头，他放开拉着小岚的手，疯了似的跑过去，小岚撒腿跟着跑。

原先小房子的地方，已经被推平了，屋里的家具物品，被扔在一边，散乱着。

方子言愤怒地握紧了拳头。这些不讲信用的开发商，不是说好三天的吗，现在才过了一天。

看着身边的妹妹，方子言又从愤怒转为担心。自己一个男的，哪处不是家，天桥底下也可以凑合着住一段时间。可是，妹妹怎么办？

小岚察觉到方子言的目光，她抬头看着方子言，安慰说："哥哥，我们不怕。先收拾重要的物品，我们再想办法。"

"嗯。"听到妹妹的话，方子言很快冷静下来。

他突然有点奇怪的感觉，这小不点妹妹，怎么倒好像自己的姐姐，遇到事情比自己还要镇定。像她这般年纪，面对无家可归，正常来说不是害怕得哭起来吗？

他看了小岚一眼，心里直感谢上天给了自己一个这样好的妹妹。

从家具抽屉里找出重要的身份证明文件，又找到笔记本电脑，还翻出日常要穿的衣服，全放进一个旅行箱里。至于其他杂物，厨具呀什么的，都不要了。现在连安身的地方都没有呢，总不能背着一大堆杂物满大街走吧！

收拾好了，方子言直起腰，最后看了一眼曾经是自己家的地方，拉着妹妹的手走了。

暗淡的路灯在他们身后拖了一大一小两个长长的影子，

显得那样的孤寂和落寞。

方子言把妹妹的手握得再紧些。家没有了，但还有妹妹，以后，有妹妹在的地方，就是他的家，就是他心安之处。

“铃——”突然，方子言口袋里的手机响了起来，方子言连忙停下脚步，拿出手机。

“喂，是方子言吗？我是刘彬。”

“我是方子言。有什么事吗？”

“不好意思。刚才做后期处理时，发现其中有点瑕疵，需要你赶紧过来重录。”

“好，我马上过来。”方子言毫不犹豫地说。

这单曲一定要在今天弄好，如果耽误了，明天就无法去报名了。

兄妹坐上了夜班公交，一路往录音室而去。

刘彬见方子言兄妹俩拖着个大旅行箱，像搬家似的，心里未免有点奇怪，但他也没问什么，只是抱歉地说：“真不好意思，连小妹妹也没法休息。”

小岚强睁着频频下垂的眼皮，笑了笑表示没事。刘彬又说：“后面杂物间有张可以折叠的帆布床，我平时工作晚了没法回家，就打开床在那里睡一晚。妹妹可以去那里休息。”

小岚这时也实在累了，因为她现在是一个才七岁的孩子啊！她赶紧说："彬哥哥，我困了。"

刘彬挺喜欢这个漂亮可爱又懂事的小妹妹，便马上带她去杂物间。杂物间虽然放了很多杂七杂八的东西，但还算干净整齐。刘彬打开帆布床，小岚也不客气，爬上床，不一会儿就进入了梦乡。

小岚是被一缕照在脸上的阳光弄醒的，她眯着眼睛，用手遮住脸，迷迷糊糊地坐了起来。

看看墙上挂的钟，原来已经是上午九点了。

她推开房门，走了出去，看到方子言和刘彬两人都趴在桌子上，呼呼大睡。看来昨晚弄那首单曲，把他们累坏了。

小岚本来不忍心吵醒他们，但又怕耽误了哥哥报名，于是轻轻推了推方子言："哥哥，醒醒，醒醒。"

"嗯。"方子言睁开了眼睛，又用手揉揉，看到外面阳光灿烂，不禁吓了一跳，"依依，几点了？"

小岚说："别慌，来得及去报名，才九点多。"

刘彬这时也醒了，说："不枉我们辛苦了一夜。你不用自己跑去报名的，因为这个节目情况特殊，歌手身份要保密，所以报名可以让别人代办。我帮你好了，等会儿我替你把录好的单曲发邮件给大赛组委会。"

方子言一听连声说谢谢。他们并不熟啊，难得刘彬这么帮忙。老实说，要是方子言自己找人帮忙报名，还真不知找谁好呢。自从两年前发生那件事，身边的朋友都当他是瘟疫似的，离得远远的，他现在可以说连一个朋友都没有。

“不用谢。组委会有什么回音会发到我电子信箱的，到时我第一时间告诉你。”刘彬笑着说。

“谢谢彬哥，如果有消息请打这个电话。”方子言拿了张纸把自己电话号码写上，交给刘彬。

方子言再次谢过刘彬之后，拉起放在墙角的箱子：“彬哥，那我们走了。依依，跟彬哥说拜拜。”

“彬哥哥拜拜！”小岚向刘彬挥着手。

“拜拜！”刘彬随口问了句，“准备去旅行呀？”

方子言愣了愣，不知怎么回答。

“才不是呢！我们无家可归了。”小岚嘟着嘴，把房子被拆的事说了。

“你们还是租期内，这样做也太过分了吧！”刘彬看看面前两个没成年的孩子，不禁有点心酸。

昨天方子言掏出一人把零钱交录制费，刘彬知道他们已经没有多少钱了。现在看到他们连住的地方也没了，心里很难受。

昨天方子言离开工作室后，林静留下来跟刘彬聊了大半个小时，把方子言的情况都跟他说了，其中包括方子言被公司雪藏、生活拮据的事。

刘彬想了想，拦住往外走的兄妹俩，说："别走，你们暂时住在这里吧！小妹妹可以睡折叠床，子言就在外面睡沙发吧。"

方子言一听便马上摇头："这怎么行！这是你们工作的地方，我们不能这样打扰你们。彬哥，你的好意我们心领了，我们走了。"

刘彬拦住他们，生气地说："方子言，你站住！难道你要让依依一个小姑娘露宿街头吗？"

方子言呆住了，依依是他最大的心病，他真的不想让她流落街头。

刘彬一把拉过方子言手里的行李箱，说："兄弟，留下吧！"

方子言呆呆地看着刘彬，半天才说："你为什么对我们这么好？我们才刚认识呢！"

刘彬重重地叹了口气，说："因为我知道了两年前那件事的真相，我知道你是被冤枉的，我想帮助你。"

方子言一愣，有点不相信自己耳朵。他看着刘彬："你说什么？！"

刘彬一字一句地说："当年，非礼那个小练习生的人不是你，而是万家富。先动手打人的也是万家富，你只是自卫还击。那小练习生是受了万家富的威胁，迫不得已说了谎。"

方子言看着刘彬，嗓子好像被什么堵住了，一句话也说不出来。

小岚忍不住问刘彬："那她为什么不说出真相？"

刘彬说："不久前，她下了决心，打算回国说出真相，为方子言翻案。没想到，在去机场的路上出了车祸，成了植物人。"

"啊！"小岚瞠目结舌。

这女孩太惨了，方子言太倒霉了。小岚突然想到了一件事，疑惑地问道："既然这样，那你是怎么知道真相的？"

刘彬叹了口气："是昨天晚上林静告诉我的，小练习生其实是林静的堂妹，名叫林铃。林铃车祸时，车里还有送机的一名室友，室友很幸运地只是受了轻伤。林铃昏迷前，硬撑着断断续续跟室友说了一番话，说方子言是冤枉的。不久前，林静受林铃父母委托，去国外接林铃回国，室友把林铃的话告诉了林静。林静很想为方子言翻案，但无奈万家富家有钱有势，如果没有很有说服力的证据，是告不倒他的。林静一直在想办法，但看来只能寄希望于林铃苏醒了。林静一直很内疚……”

小岚顿时明白了，为什么林静这样帮方子言。

小岚拉着哥哥的手，心里很难受，命运为什么对方子言这样不公平呢？！

这时，方子言长长地出了一口气，说：“彬哥，我很感谢你和林静，不过，当年的事不要成为你们的负担，因为不是你们的错。所以请你告诉林静，不要再内疚。对于林铃，她也是年纪小，被人恐吓才做了错事，所以我不会恨她。希望她早点醒来。”

“谢谢你，子言。林静知道你这样想，她会开心的。”刘彬又恳切地说，“不过，我也请你们两兄妹不要拒绝我们的好意，就当是朋友之间的帮助吧！”

小岚抬头看了看方子言：“哥哥……”

方子言点了点头：“谢谢彬哥，那我就不客气了。在有能力租房子之前，就暂时住在你这里。”

刘彬笑着说：“这就对了。”

第8章 旅行家写的歌

刘彬出去买早餐，回来时顺便在楼下商场买了一个很大的小兔毛公仔，送给小岚。小岚虽然不是真的七岁小孩，但也很喜欢这类毛茸茸的动物毛公仔，她紧紧搂住毛毛兔，笑得脸上露出了小酒窝。

吃完早餐，刘彬打开电脑，用自己的电子邮箱发邮件替方子言报名，他一边填写一边说："用我这电子信箱最好了，免得别人通过电子信箱挖出参赛选手的身份资料。我是搞录音的，替客人报名很正常。而事实上，我这次也真的替不少人报过名。如果他们想从我这里挖出什么，我一句跟歌手签了保密协议，他们就无话可说。"

“彬哥哥厉害！”小岚朝刘彬竖起大拇指。

“嘿嘿！”刘彬被小岚一赞，得意极了。

刘彬继续填着报名表：“只须填名字、联络方式就行。联络方式就写我的电子信箱和电话吧。名字当然不填真名。咦，你打算用什么名字参赛？”

方子言挠挠头：“随便起个名字吧！叫什么好呢？”

方子言看看小岚，希望这个聪明的妹妹给他起个名字。

小岚摸了摸毛毛兔软软的白毛，灵机一动说：“就叫白兔哥哥吧！”

“白兔哥哥，哈哈，好名字！子言，就用这个。”刘彬笑呵呵地说。

“这……好吧！”方子言摸摸脑袋，同意了。

填了报名表，又附上了单曲，然后把电子邮件发了出去。刘彬伸了伸懒腰，说：“好啦，我们就静等正式入围的佳音吧！”

方子言说有事要出去一趟，让小岚别跟着。刘彬打开电视的动画频道给小岚看，然后去了录音棚。刘彬回来时，见到小岚根本没去理会那动画片，只是抱着跟她差不多高的毛毛兔，盘坐在沙发上，皱着小眉头好像在想着什么重大的、严肃的事情。

刘彬觉得有点好笑，抱着毛毛兔的小不点女孩，跟思考人生有点违和呀！这小女孩太可爱了。

“依依，在想什么呢？”他坐到小岚旁边，笑着问道。

小岚小眉头皱得更紧了，她这时的确在想着人生大事，不过不是她自己的人生大事，而是方子言的人生大事。

方子言参加《蒙面歌手》，是在寻找一条出路。但现在比赛还没开始，总不能干等呀！虽然林静和刘彬都很热心，出手相助，但哥哥和自己也要努力想办法解决生活问题。可以做些什么呢？

真是难为了小岚啊！总不能她一个七岁小孩去做工挣钱吧！她想去也没人敢请，《劳动法》也不容许请童工呀！

刘彬听了小岚的忧虑，挺心痛的，这么一个小小孩就要为生计忧愁，他急忙说：“我以为什么事呢！让你愁成这样。你一点也不用担心，你们就安心住在我这里，吃饭问题也由我来解决。以子言的唱歌水准，还有那些好歌，他在《蒙面歌手》比赛中能走到最后一点都不出奇。经过几期比赛，就肯定有娱乐公司上门招揽，到时就有一笔签约费，那不就什么都解决了吗？”

小岚摇摇头，说：“不可以。我们不能总是麻烦你的，哥哥也不会答应。所以，还是要想个办法，让我们短期内有一笔钱，只要能维持日常开支就行。”

刘彬想了想，突然一拍大腿，说：“有办法！”

小岚眼睛一亮：“啊，什么办法？”

刘彬说：“可以让子言录歌，放到搜歌网的新歌频道上架。我认识他们的销售经理洪安国，如果今天能录好歌的话，可以让他今天晚上就放上去。”

之前小岚上网了解情况时，也知道搜歌网是目前最大的在线音乐网站，而它的新歌频道是专门供歌手把自己唱的新歌上载上去，让网民试听、下载。一首歌一个 IP 地址最多只能试听十次，如果再想听的话，就要付款下载了。下载费不贵，一首歌只需一元钱。而这笔钱，网站和歌手是五五分成，一人一半的。

小岚的眼睛越来越亮了，这是个好方法呀！

刘彬继续说：“以子言的嗓音，我敢保证，会有很多人喜欢的。”

小岚高兴极了，她开心地对刘彬说：“彬哥哥，你真厉害！这么快就想出好办法。”

谁都喜欢听夸奖啊，何况是一个漂亮小女孩的赞扬，刘彬高兴得尾巴都竖起来了：“嘿嘿，我本来就厉害！不过，下载费不会那么快给，一般是一月一结。”

小岚说："那没关系，起码又多了一个办法了。"

不一会儿，工作室的两名员工来了。工作室采取的是弹性上班时间，有预约才来，有时一天只上几小时，有时就一天一夜都要工作，一切看顾客的需要。

这时预约了录音室的顾客到了，刘彬让小岚自个儿玩，他就跟两名员工一起，替顾客录音去了。

刘彬忙去了，小岚找出纸笔，把自己以前写的三首歌默了出来。小岚还会写歌，你们一定想不到吧！这是早前学校举行创作歌曲演唱比赛时小岚写给晓晴和晓星的。

小岚当时还是第一次写歌呢！晓晴晓星两姐弟死缠烂打的，弄得她很烦，只好挖空心思给他们写了。为了写这几首歌，她特地听了很多国内外的好歌，结果对写歌还产生了浓厚的兴趣，放了很多心思在那三首歌的创作上。

万卡知道之后，还特地请来乌莎努尔一位著名的作曲家给小岚作了辅导。小岚本来就极聪明，加上又有名师辅导，所以写出来的歌很好听，连那位作曲家都拍案叫好呢！后来晓晴晓星每人选一首自己喜欢的歌去参赛，结果两人都获了奖。

小岚把这三首歌默了出来，自己哼了一会儿，觉得还很适合方子言唱的，就决定让他唱了上传到搜歌网上。这是用来挣钱的，小岚不想用别人的歌。

小岚接着又努力回忆自己原来那个世界的歌曲，地球上歌曲多如天上星星，所以她选择精彩好听的歌一点都不困难。这是她选来给方子言参赛用的，要拿到好名次，唱的歌好听是其中一个有利因素。

刘彬帮顾客录好歌出来时，发现小岚已经写好四五首歌，放在桌子上。

刘彬拿起来哼唱，唱完之后满意地说："不错不错。难道你们两兄妹上辈子拯救了银河系吗？怎么这么幸运，得到这么优秀的歌曲！"

这时方子言回来了，听到刘彬最后那句话，好奇地问道："彬哥，你说谁拯救了银河系？"

"你们两兄妹呀！"刘彬把那谱子递过去，说，"你看看这几首歌。"

方子言接过来小声哼唱。

小岚从那些歌里抽出自己的那三首说："哥哥，你先把这三首录了音，放到搜歌网。"

方子言问："什么搜歌网？"

小岚把刚才跟刘彬商量的事，告诉了方子言。

方子言有点激动，他看向刘彬，问道："真的可以吗？"

刘彬笑着点点头。

方子言这几天愁没钱都快愁死了，他一把拉住刘彬的手，说：“谢谢，真的太谢谢了！”

刘彬说：“别谢我，谢你妹妹吧！她为了你，小脸小眉头都皱成一团了。”

“彬哥哥，你乱说。”小岚拿手里的毛毛兔去打刘彬。

刘彬边笑边躲闪。

方子言看着妹妹，心里很内疚，要是自己争气点，就不用妹妹这么辛苦地为自己操心了。

刘彬躲到方子言身后，说：“好了好了，咱们赶快录歌吧！”

有了昨天的录音经验，方子言唱得很顺利，到了下午六点，就把三首歌都录好了。小岚写的歌虽然不能跟其他好歌相比，但用方子言清亮的嗓音唱出来，竟也出奇地好听。

刘彬已经打过电话给他的朋友洪安国，洪安国答应马上把三首歌上传到搜歌网。

刘彬刚想把单曲发过去，突然想起一件事：“咦，歌手名字写哪个？”

方子言犹豫了一下。他知道自己的名声不好，如果用真名，可能别人连听的意愿都没有。想了想说：“就叫无名吧。”

“无名？好。”刘彬在歌手名字上写上了这两个字。

刘彬让两名员工先走，然后让方子言签了一份歌曲上传授权书，连同录好的单曲一起发给了洪安国。

“啊——哈——”刘彬打了个呵欠。昨晚连夜给方子言处理参赛单曲，没睡好，现在困极了，他也准备回家休息了。

刘彬把录音工作室的钥匙交给小岚，说：“暂时给你保管。你哥也累了，让他早点休息。”

“嗯。”

刘彬走后，方子言打电话叫了外卖，两兄妹吃了。方子言一边吃一边打呵欠，吃完把外卖盒往塑料袋一放，就歪倒在会客室的沙发上，说：“好困，我要睡了。”

沙发不大，方子言躺上去连腿都没地方放，只好缩作一团。

小岚把他拉起来，推进杂物间，说：“你睡帆布床吧！那小沙发装不下你这大个子。我人小，睡沙发刚刚好。”

方子言看着小岚没商量的态度，知道这小妹妹要做的事谁也阻挡不了，只好无奈地上床睡了。不过他也实在累了，脑袋一挨枕头，不到几十秒就呼呼大睡起来。

睡着的方子言，没有了艰辛生活磨出来的棱角，显得格外的乖巧。时不时还抿抿嘴，脸上露出两个深深的酒窝。

小岚轻轻关上房门，摇摇头，不禁觉得有点好笑，她这个做妹妹的，怎么越来越像小姐姐了。

小岚收拾了一下屋子，又简单洗漱了一下，毕竟不是在自己家里，一切只能将就了。做完这些，小岚也觉得困了。这几天她睡得并不好，一来是到了新的环境，二来是对自己和方子言的前景忧虑，所以她一晚上都只是睡了几小时。现在困难有了解决的方法，她的心情也放松了不少，所以往小沙发上一躺，很快就睡着了。

第 9 章
小不点对对联

第二天上午，刘彬打电话回录音室，说他和两名员工今天外出工作，上午都不回录音室了。又告诉方子言：“忘了跟你说，茶水间的冰柜里有速冻水饺和包子，还有青菜和肉，你们两兄妹可以用电饭锅弄来吃。”

刘彬和两名员工都不会在录音室吃饭的，冰柜里的东西，肯定是刘彬特意买来，留给方子言兄妹的。而电饭锅，还是新的，一次也没用过，显然是刚买的。

方子言心里很感动。他把钱包掏出来，愣愣地看着剩下的一些零钱。

小岚知道哥哥在想什么。他们住着刘彬的地方，已经够麻烦他了，怎好意思还吃他的呢！她拉拉哥哥的手，安慰说：“等我们有了钱，再还给彬哥哥好了。”

方子言看了小岚一眼，说：“哥哥想出去打工。”

原来方子言昨天说有事出去，其实是去找有什么适合的工作。结果在一家大酒楼门口见到一张招聘临时工的启事，他决定去应聘。曾经当红的歌手去酒楼做杂工，相信媒体发现后一定大加报道，但方子言已经管不了这么多了，为了妹妹，他什么都不顾了。

“好！我跟你一起去。”小岚把自己的小手放进哥哥的大手里。

方子言本来也不放心把妹妹一个人留在录音室，便点了点头。他找来妹妹的小背囊，在里面放了几本自己买给妹妹的图画书，还有几包小零食，给小岚背上。

方子言拉着妹妹的手出了门，看时间已是十二点多，便走进了一间茶餐厅，用剩下的一点钱要了两碗面条。

吃完东西，便去找那间招人的酒楼。那间酒楼规模很大，门口布置很引人注目，所以很容易就找到了。方子言看看门口那张招聘启事还在，便牵着小岚的手走进了大堂。大堂经理听方子言说了来应聘的事，就打电话叫了人事部同事下来。

事情意外地顺利。因为酒楼这几天都有团体搞活动，所以每天的酒席需求大增，一时间酒楼人手不足，所以急需临时工。那个人事部职员跟方子言说好，马上上班，做四个小时，每小时五十块钱。方子言很高兴，四小时有两百块钱，起码这两天吃饭不成问题了。

说好了待遇问题，职员就对方子言说："你跟我来。"

方子言和小岚跟在职员后面，这时听到身后传来议论声：

"喂，你们看看，应聘临时工的那个人像不像方子言？"

"方子言？几年前打伤人被拘留的那个方子言？还真有点像呢！"

"不会吧！曾经的当红歌手来酒楼做杂工。这么潦倒啊！"

"……"

方子言的脸唰地红了。小岚拉着他的手紧了紧，方子言低下头，碰上了小岚鼓励的目光。他觉得心里一暖，把那些冷言冷语全抛开了。

人事部职员把方子言带到酒楼的厨房，交给一个胖胖的主管，主管拿来一条围裙和一双橡胶手套，然后指着一大堆未洗的碗碟，说："手快点，赶着用呢！洗完就帮忙搬米。"

"好！"方子言急忙穿好围裙，戴好手套，然后洗起碗来。

胖主管突然发现了小岚，马上眼睛一瞪，说："你这小孩，干吗跑进来了。厨房是你玩的地方吗？"

方子言赶紧说："对不起，她是我妹妹。"

"没见过做工还带妹妹的。"胖主管嘟囔着，也许是见到小岚模样乖巧，又放软了口气，对小岚说："厨房这地方，小孩子进来太危险。外面大堂有张沙发，你去那里坐着吧！"

"嗯。谢谢伯伯！"小岚乖乖地应了一声。胖主管说得没错，小孩子的确不应该待在厨房。

小岚跟方子言说了一声："我在外面等你。"

方子言点点头，说："好。好好看图画书，别乱跑！"

她见到方子言一脸的汗，赶紧拿出一张纸巾，替哥哥擦了汗，然后才走了出去。

厨房外就是酒楼大堂，地方很大，足可以容纳近千名客人。看来真是有机构搞活动，前面搞了个小舞台，上方挂了一条横额，上面写着"全国楹联协会成立八十周年庆祝酒会"。几名工作人员有的在紧张地调校麦克风，有的在摆放一应物品。

大堂已快坐满了，还不断有人进来，看上去他们很多都互相认识，不断有人碰到朋友，互相问候着。

小岚乖乖地坐着，不敢走远，怕哥哥出来找不到她着急。她想起背囊里的漫画书，便拿出来看。《小青蛙找妈妈》《小鸡吃米》《我长大了》，哎呀，这哥哥怎么搞的，把自己当幼儿园小班小朋友了，买这么幼稚的书给自己看！

小岚哭笑不得地把书放回小背囊，没法子，只好坐定看人家的酒会节目了。

不一会儿，一名年轻的女主持人上台，宣布酒会开始。

像所有酒会一样，主席、会长、理事一个接一个上台讲话致辞，每人十多分钟，听得小岚挺没意思的。看看台下参加酒会的人，他们也挺不容易的，都一点多两点了，肚子都饿扁了吧，但面对满桌子佳肴，只能看不能吃。

小岚听得不耐烦，跑去厨房门口，从门缝去看方子言工作。方子言在扛米呢！一袋看上去有百多斤的米扛在肩膀上，十七岁少年瘦削的身子被压得弯弯的，但他仍坚持着……

小岚眼泪都快流出来了，但她又无法去帮上一把，只好叹口气，又回到沙发上坐着。

这时致辞环节已经结束了，又到了敬酒环节，领导们向来宾敬酒，来宾们互相敬酒。也许因为小岚现在这个身体年纪小，容易疲倦，竟歪在沙发上睡着了。

不知过了多长时间，一阵欢呼声鼓掌声把她惊醒了。小岚揉揉眼睛，坐了起来，发现自己睡了一段时间了，酒

会进入了对联环节，由知名的楹联专家出上联，来宾对下联，对得最好的有奖品。

刚才的欢呼声掌声是有人对出了好联，获得奖品，惹来叫好声和掌声。

这时主持人拿着麦克风大声说：“下面由我们的王理事出一道上联。”

主持人回身指着大屏幕上的字，念道：“上联是‘孙悟空，金箍棒，能长能短’，请大家对出下联。”

前不久，宇宙精英学校搞游园晚会，晓晴和晓星负责对联这一摊，两人整天在小岚耳边嘀嘀咕咕地念对联，后来还抓了毛笔字写得好的小岚，替他们把对联抄在纸上呢！

这“孙悟空，金箍棒，能长能短”的下联，小岚见过啊！

小岚正无聊着，想找点事做做，便一跃跳下沙发，朝舞台跑去。

台下的宾客还在纸上写写画画，对着下联，女主持人正笑眯眯地看着，看有谁最快对出下联。猛然见到一个小不点跑上台，嘴里还嚷着：“我会我会！”

台下的人愣了，主持人也愣了。啊，大家都还在苦苦思索，怎么就有人对出来呢，还是个小女孩，看上去才八岁左右吧！

主持人以为小岚是来宾带来的孩子，来宾不好意思上台，让孩子去对。便蹲下身子，问:“小朋友，你叫什么名字呀？”

“我叫依依。”小岚一笑，眼睛弯弯的，脸上露出两个小酒窝。

“依依？哇，这名字好好听呀。”主持人见到这么可爱漂亮的小女孩子，不禁母爱大泛滥，她笑眯眯地摸摸小岚的小脑袋，问道，“你说你会对对联，是吗？”

“嗯。我会！”小岚毫不犹豫地指着屏幕，“这对联我会对。”

“那就请小妹妹把下联写出来。”主持人把小岚带到一张桌案前，桌案上有台平板电脑，只要在上面写字，大屏幕上就会马上显示出来。

但小岚个子太矮了，主持人便拿下那台平板电脑，弯下腰让小岚在上面写字。

台下的人都跟主持人一样，以为小岚是某位来宾的孩子，都饶有趣味地看着屏幕。

小岚的小手指在电脑上一个字一个字地写着，台下的人便一个字一个字地念着:“花、果、山，水、帘、洞，又、温、又、暖。”

上下联一起念：孙悟空，金箍棒，能长能短；花果山，水帘洞，又温又暖。

啊，对得很工整呢！

台下的人都鼓起掌来。出题的老理事走上舞台，一脸慈祥地对小岚说："小姑娘，你家大人很厉害，对得不错，不错。来，伯伯给你奖品。"

"谢谢伯伯！"小岚本来只是贪玩，没想到还有奖品拿，高兴地接了过来。

伯伯递过来一个信封，不知里面是什么东西。

小岚"腾腾腾"跑回沙发，坐下来就打开信封，咦，原来是一千元超市购物券。

小岚挺意外的，接着又很高兴，这回好了，哥哥不是发愁没钱吃饭吗？有了这购物券，就可以解决吃饭问题了。超市有很多吃的卖呀！

小岚高兴得"耶"了一声，跳起来就去找哥哥。咦，哥哥不在呢！可能又搬东西去了。

也好，等哥哥下班时再告诉他，给他一个惊喜。

小岚继续看别人对对联，对这些传统文化她还是很感兴趣的。看来这异时空的文化跟地球相比有点落后，很多对联小岚都觉得水平不高。上联出得不怎么样，下联也对得不完美，但不论是台上出题的专家，还是台下的出席嘉宾，都大声表示赞叹，给出了奖品。

这时女主持人走出来，说：“现在由我们研究楹联大半生、德高望重的罗会长出上联。这个上联大家应该不陌生，因为它在去年的酒会上出现过，结果到会人士对的下联罗会长都觉得不满意。之后罗会长悬赏一万元，在社会上征求下联，应征下联的人不少，但罗会长都觉得达不到他的要求。所以罗会长决定在今年的酒会上再拿出这个上联来，征求优秀的下联，一万元奖金仍然有效。”

女主持人话音未落，台下已经议论开了：

“我知道是哪个上联了。去年有五个人对了下联，罗会长都不满意。”

“我一整年都在想下联呢，还跟很多朋友讨论过，但对出的下联总觉得少了些韵味。”

“是，要对得好太难了！”

小岚很奇怪，到底是什么上联，把这帮大人难成这样呢？

这时，罗会长亲自上台，在平板电脑上写了一行字：“天作棋盘星作子，谁人敢下。”

小岚眼睛一亮，这副对联她见过呢！

罗会长一直站在台上，用殷切的目光看着台下的人，

今年的酒会人最多，几乎全国的楹联高手都在这里了，他希望能得到满意的下联。

“我有了！”一名中年人举起手，主持人请他上台，在平板电脑上写出了他的下联。

罗会长摇摇头，不满意。

“我想了一个。”一名上了年纪的理事走上台，在平板电脑上写了一行字。

罗会长看了，还是摇摇头。

会场上一阵静默。大家看着台上那个失望的老人，心里都有点难过。

这时，一个稚嫩的声音响起：“会长伯伯，我能对。”

全场的目光唰地朝声音发出的地方看去。一个漂亮可爱的小女孩站在那里，脸上带着灿烂的笑容，如果加上两只小翅膀，简直就像美丽小天使落到凡间来了。

咦，这不是刚才出来拿过一次奖的小女孩吗？

老会长看着天真可爱的小姑娘，心情都变好了些。不管她是不是真的能对出下联，他也想跟这可爱的小女孩交流一下。

“米米米，到伯伯身边来！”老人满面笑容地朝小姑娘招手。

小岚蹦跳着跑上台去，跑到老会长跟前，甜甜地喊了一声："伯伯好！"

"哈哈哈！"老会长开怀大笑，一颗心暖得都快要融化了，"好好好，真乖！"

女主持走过来，笑着说："小朋友，你真厉害啊！刚刚对了一个好联，现在又拿出什么好联来了？"

"是呀，快说给伯伯听。"老会长笑呵呵地说。

"好，伯伯，我写给您看！"小岚说。

主持人又把平板电脑拿下来，递到小岚面前，让她在上面写字。

大家都望向大屏幕，看这可爱小女孩写出怎样的下联。

只见随着小岚的小手在电脑上一笔一画地写着，屏幕上也出现了一行文字：

"地为琵琶路为弦，哪个能弹。"

老会长登时愣了，台下的人也全愣了。全场静默几分钟，人们才惊醒过来，一齐大叫："好，好，对得好！"

老会长弯下腰，一脸惊喜地拉着小岚的手，问："小朋友，这下联是谁对出来的？你爸爸？妈妈？快带我去见见。"

"啊……"小岚不知怎样回答才好。

这下联是她那个时空的古人对出来的，说出来你们也

不认识呀！

老会长见小岚不说话，便对台下说：“哪位是这位小朋友的家长，请上台来。”

台下的人你看看我，我看看你，没有人吭声。

老会长见没有人作声，无奈地摊摊手。心想也许是这小孩的家人太低调，不想出这个风头吧！想到这，他不再执着要见对出下联的人了，反正好联已经出来，心愿已了。于是他从主持人手里接过一个信封，对小岚说：“好，既然对出下联的高手不想出面，那就让这小姑娘代领了这奖金吧！谢谢这位高手给了我一个满意的下联。”

“不行不行，这钱我不能要！”小岚说出下联，只不过是因为不想老会长不开心，不想他永远找不到满意的下联。这钱，她绝不能要。

老会长故意板起面孔，说：“不行。这是说好了的。不管是什么人，只要给出满意的下联，就由协会奖励一万元，我们不能说话不算数。”

“对啊，小朋友，你就收下吧！”女主持人也劝小岚。

台下的人一齐拍起手来，一边拍一边整齐地喊：“收下，收下，收下……”

小岚眼睛骨碌碌转了一圈，心想，也好，这样哥哥就不用辛苦找工作了，可以全副精力练好参赛歌曲。顶多以后哥哥挣到钱了，让他多做些善事，帮助有需要的人。她朝伯伯鞠了个躬，说了声“谢谢”，接过了信封。

酒会仍在继续，小岚坐在那里看着别人吃东西、聊天，无聊极了，便跑到旁边一个电视机前看节目。

看着看着，发现大堂里没了嘈杂声音，转身一看，原来酒会已经结束了，酒楼的员工正在收拾东西。

“依依！”有人喊了她一声。

回头一看，原来是方子言。他一边用纸巾擦着手上的水，一边朝小岚走来。

“哥哥！”小岚高兴地跑了过去，“下班了？”

方子言样子很疲倦，但脸上满是笑意。他笑着说：“是的。做完四小时了。”

他把纸巾扔进垃圾箱，然后伸手拉住小岚：“饿了吧，哥哥已经领了今天的工钱了，带你去吃汉堡包。”

“好啊！”中午才吃了一小碗面条，小岚也真的饿了，她高兴地点点头。

两人走进快餐店，因为还没到晚饭高峰时间，店里人不多，两人找了个安静的位置坐下。方子言去买了两个套餐，两人狼吞虎咽地吃了起来。

地为琵琶
为弦
哪个能弹

吃完东西，小岚用纸巾擦擦嘴，然后神神秘秘地从小背囊里拿出两个信封，放到方子言面前："哥哥，你看看。"

"什么东西？"方子言狐疑地看了小岚一眼，用纸巾擦擦手，然后拿起信封。打开一个，吓了一跳，再打开另一个，又吓了一跳，整整一万一千元！方子言大睁着眼睛，看着小岚："哪儿来这么多钱？"

小岚得意地笑着，把刚才在楹联酒会上发生的事一五一十告诉了哥哥。

啊！方子言瞠目结舌地看着妹妹，这、这孩子……

在大堂坐坐也可以赢到一万多元的奖金，太不可思议了！不过，这两个下联，这小家伙是怎么对上的呢？

总不会是她自己对的吧？那就真是吓人了。难道……难道又是那个会写歌的旅游家伯伯？

方子言忍不住提出疑问。

小岚正在担心方子言问她谁给她的下联呢，没想到他倒自己想出答案来了。小岚马上顺水推舟说："没错，就是旅游家伯伯跟我说的。他是个很有学问的人。"

方子言很诧异，这旅游家伯伯究竟是怎样的一个高人啊！歌写得那么好，连对对联都那么厉害！

第二天刘彬回到录音室时，方子言把小岚得到奖金的事

告诉了他。刘彬惊讶得眼珠都快掉出来了，接着又哈哈大笑起来，一把将小岚拉进怀里，一边用手揉她的头发，一边哈哈笑着说："哎呀，你这小家伙，叫我怎么说呢，简直是幸运指数逆天了。彬哥哥以后就缠上你了，好沾点运气。"

小岚摸摸被揉乱的头发，朝刘彬翻白眼。

方子言对刘彬说："彬哥，这段时间太打扰你了。我打算明天去租一间小点的、便宜点的房子，我和小岚搬进去住。"

刘彬摇摇头，说："我建议你还是等比赛完才租房子。因为过几天就是初赛了，如果初赛能入围就要住进电视台。假如你再接再厉打进决赛，那就起码有大半个月时间在电视台了。你没必要现在租房子，白给那大半个月的房租。你还是先住在我这里，比赛结束后再去找地方住。"

方子言听了，点点头，觉得刘彬说得很对，说："谢谢彬哥。那我就再打扰你几天吧！"

刘彬大手一挥，笑着说："别客气。我还想跟小依依多接近，多沾点运气呢！"

这时，方子言接到了一个电话，是洪安国打来的。他说无名的三首新歌上传到搜歌网后，下载量很不错，问无名还能不能提供一些新歌。方子言因为要全副精力做好参赛准备，就回复说等些日子再提供。

第 10 章 七岁的经纪人

方子言的参赛单曲寄出去一星期后，刘彬收到了入选通知书，并要求在三天之后去电视台报到，集中排练，为比赛做准备。

《蒙面歌手》这节目的最大卖点，就是歌手身份成谜，不但评委和观众不知道，甚至连组织者也不晓得，参赛者戴上特殊的假面具以隐藏身份，不管年龄、性别、职业、资历，只凭歌声一决胜负的节目形式引人关注！在听歌的同时猜测歌手到底是谁，成为节目的一大特色和亮点。

报到那天，方子言戴着小岚给设计的白兔面具，坐上了刘彬的车，直往电视台而去。

不是他们太谨慎，而是大会规定每一位参赛者都要尽最大的努力，隐藏真面目。所以各参赛者都各出奇谋，不让自己身份曝光。

小岚也戴了一个白兔小面具，为了防止人们以经纪人为线索，追踪歌手身份，所以每位歌手的经纪人也要戴面具。

如果初赛通过，进入复赛，方子言和他的经纪人小岚，就要随时留下，由电视台安排住宿，除非中途被淘汰可以离开，否则要一直住到比赛结束。

刘彬一路上都不停嘴地跟方子言兄妹叮嘱一些注意事项。虽然他未参加过这类比赛，但去他录音室录制歌曲的歌手有很多都参加过，平日听他们说有关比赛的事，听得多了也变得熟悉起来。

“你们日常用的东西都带了吧？我估计子言这回起码能晋级总决赛。所以你们起码要住上大半个月呢！”在刘彬眼中，这两人一个是七岁小屁孩，一个是十七岁小少年，还是需要别人照顾的年龄呢！

小岚说：“带齐了，啰唆的彬哥哥！”

“小屁孩，竟说我啰唆！看我教训你。”刘彬笑呵呵地给了小岚的小脑袋一个炒栗子，“不过，有你这个人小鬼大的小家伙，我还真的不需要操心。喂，小屁孩，你今年才七岁吧？怎么就这样懂事呢？”

“天生的呗！”小岚仰起脸，得意地说。

“我怎么就没一个像你这样的妹妹呢！子言，把依依送我好不好？”

“才不呢！用全世界来换我妹妹，我都不会给。”方子言一把搂住小岚，好像生怕刘彬真的抢了去。

一路上说说笑笑的，很快，已经远远看见了那幢三十多层高的电视台大楼。

“哇，好多人！”小岚惊叫道。

真的好多人啊！方子言和刘彬都呆了。只见电视台的大门口，挤着许多手拿相机或摄像机的传媒记者，一路从电视台门口延伸开来，足有百米之长。说有几千人都一点不过分。

白桦电视台是大可国几个最大型电视台的其中之一，本身就极受关注，何况是组织了这么一个极新颖、给人许多悬念的节目。所以相信全国各地新闻媒体都派人来了，都想第一时间抢到好新闻。

车子已经不能再驶向前了，刘彬扭头对方子言说：“子言你要加油，我和林静都看好你。”

又对小岚说："照顾好你自己，也照顾好哥哥。有需要就打电话给我。"

"知道啦，谢谢彬哥哥！"小岚笑嘻嘻地跳下了车。

方子言朝刘彬说了谢谢，跟在小岚后面下了车。

"有歌手来了！"记者队伍里有人发现了方子言和小岚，喊了一声。

马上一大群人朝这边涌来，把小岚和方子言团团围住。他们都好奇地打量着这一对组合，戴着白兔面具的长腿少

年，以及这少年手牵的戴着白兔小面具的小姑娘。

大家的目光一下子就被小姑娘吸引了。粉红的小裙子，粉红小皮鞋，白色袜子，头戴白色的小兔子面具，简直太可爱了吧！

记者们冲着小岚“咔嚓咔嚓”拍了很多照片，把采访歌手的任务也忘记了。

有人问方子言：“这小姑娘是你的女儿吗？”

方子言没出声。小岚朝那人翻了翻白眼，说：“你眼睛是用来吃饭的吗？看不出我是他经纪人。”

“经纪人？！哈哈，这小不点真有意思！”

“嘻嘻，好可爱的经纪人。”

“哇哦，小妹妹，你真是经纪人吗？”

记者们乐疯了，电视台门口顿时成了欢乐的海洋，这时有歌手陆续到来，但记者们都没空理会了，只是举起相机对着小岚又是一顿猛拍。好些人连文章标题也想好了——史上最年幼经纪人。太吸引人眼球了！

这时候，有几名记者想起了今天的采访任务，便向一直站在小岚旁边的方子言发问：

“你好！能谈谈感想吗？”

“你认为自己能晋级的可能性有多大？”

“能透露点信息吗？你今年多大了？是已经出道的歌手吗？”

方子言没吭声。他才不会回答问题呢，这些记者狡猾狡猾的，就是想引参赛者说话，好从声音里分辨出蛛丝马迹，猜出歌手身份。

记者们见问不出什么，于是又纷纷转战小岚，想利用小孩子达到目的。因为小孩子好骗哦，多问几句，就有可能把什么都说出来了。

“我来我来，我最会哄小孩了。”一个胖胖的叔叔挤到小岚面前，问，“小家伙，你家歌手叫什么名字？”

“叫白兔哥哥。”

“这不是真名吧？平常别人叫他什么呀？”

“我不告诉你！”

“哈哈哈……”小岚的回答引来一阵大笑。那胖叔叔耸耸肩，表示遗憾。

一个阿姨举起一只手，说：“换我换我！”

她蹲下来，笑眯眯地问：“小妹妹，你家歌手今年几岁啦？”

小岚笑嘻嘻地回答：“比我大，七岁以上。”

“哈哈哈哈……”又是一阵哄笑。女记者也败下阵来了。

原来小孩子也不好骗呢!

记者们不死心，还想再问，幸好这时守在大门口的工作人员察觉到这边有记者围堵参赛歌手，跑来解围，小岚和方子言才顺利进了电视台。

一名自我介绍名叫陈尉尉的节目工作人员，带着方子言两兄妹走入电梯。陈尉尉见方子言没带经纪人或助理，却带了一个小姑娘，不禁奇怪地问:“白兔哥哥，你的经纪人呢？”

按以前的歌唱大赛，是不强调一定要有经纪人或助理的，因为参赛歌手很多是业余的，他们都不会带人来，反正一些事情自己处理就行。

但这次不同，因为歌手要隐藏身份，不宜露面太多，所以身边必须有经纪人或助理协助。

没等方子言回答，小岚就仰起小脸，对陈尉尉说:“姐姐，我就是经纪人呀！”

“你就是经纪人？！”陈尉尉像刚才那帮记者一样，十分惊讶。

方子言点点头，用变了声的声音回答:“对，她就是我的经纪人。”

陈尉尉惊喜地说:“啊，你这么小就当经纪人，你太厉害了。”

她实在太喜欢这个机灵的小女孩了，忍不住蹲下身子，一把将小岚抱了起来。

“不要！不要！快放我下来。”小岚本身是个中学生，怎可以让人抱，急忙蹬着小腿，要下地。

“好，不抱不抱。”陈尉尉只好把小岚放下来。

小岚嘟着嘴说：“人家是经纪人呢，让别人看见了不好。”

陈尉尉赶紧朝小岚敬了个礼，忍住笑说：“哦，对不起对不起。”

陈尉尉一直把他们带到第二十三层，那里是电视台的艺人培训班学生宿舍，现在学生正放暑假，所以宿舍被大赛组委征用了。

陈尉尉留下一份大赛注意事项，就离开了，因为她还要去大门口接人呢！小岚拿起那份注意事项，上面清楚写明了参赛者每天的集合时间、一日三餐安排，还有赛事进程等。

安排住的地方很宽敞，两个人住一个套间，有洗手间、小客厅和两个房间，刚好是歌手和经纪人一人住一间。

明天是排练时间，后天就是初赛的日子。

“哥哥，你抓紧时间，把比赛要唱的两首歌再唱一次。不许偷懒！”

“好！”方子言低下头，用手摸了摸小大人似的妹妹。

第 11 章
白兔哥哥晋级了

第一期的比赛今天举行，比赛场地在电视大楼一侧的白桦大剧院。

这天小岚特地起了个大早，跑去电视台的员工餐厅拿了早餐回来，和哥哥一起吃了，然后就给哥哥打扮起来。衣服还是简单的白 T 恤、牛仔裤，然后戴上了小岚设计的白兔面具。

小岚前后左右地再次审视了一番，满意地点了点头。这个面具遮住了方子言的整个面部，别人想认出他是谁，绝对不可能。

召集的时间快到了，六名歌手陆续走出房间。之前各歌手的排练时间都是错开的，所以他们还是第一次见到其他参赛歌手。

一个个子高高、戴着外星人面具的歌手说：“嗨！你们好，我是火星大侠。”

一个戴着福娃面具、身材娇小的女歌手做了个舞蹈动作，说：“早啊！我是福气娃娃。”

接着另外三个歌手也都做了自我介绍，他们分别是红色玫瑰、怪兽弟弟、叮当猫。方子言见到大家都望着自己，有点不自然地说：“大家好，我是白兔哥哥。”

他们全都戴上了电视台配给的变声装置，发出的声音都跟平时说话有很大不同，所以即使碰到熟人都无法认出对方。

歌手们见到小岚都很惊讶，这孩子真可爱。知道她是白兔哥哥的经纪人，就更是震惊了。所有人围了上来逗小岚，“几岁啦？”“好可爱呀！”……

幸好这时陈尉尉走了过来，不然他们还停不下来呢！

一行人跟着陈尉尉来到了后台休息室。为提防歌手之间太接近被识穿真面日，休息室的椅子上作了特别的设置。六张双人沙发，围成一个圈，每张沙发之间隔开一段不短的距离。陈尉尉站在圈中，拿出六个信封，请六名经纪人一人拿一个，又叮嘱说：“先别打开。”

“啊，这是什么？”福气娃娃的经纪人看来是个急性子，她首先伸手拿了一个信封。

“小朋友拿吧！”火星大侠的经纪人笑着对小岚说。

“嗯，谢谢！”小岚有礼貌地谢过，然后就伸出小手，拿了一个信封。

等六个经纪人都拿了信封之后，陈尉尉说：“每个信封里都有一张写着数字的纸。两张写着1，两张写着2，两张写着3。抽到1的就是第一组比赛歌手，抽到2的就是第二组比赛歌手，抽到3的就是第三组比赛歌手。下面大家一起拆信封。”

福气娃娃的经纪人一听就马上拆开信封，抽出纸条一看：“哇，1，我们是第一组！还有谁是1？”

大家一看，除了福气娃娃，还有怪兽弟弟也是抽到第一组。抽到2的是红色玫瑰和叮当猫，抽到3的是火星大侠和白兔哥哥。

“咦，怎么有两种颜色的？”小岚问。

“正要跟你们说呢，红色先唱，绿色后唱。”陈尉尉说，“有关比赛规则相信大家已清楚，我就不多说了。希望大家比赛顺利，取得好成绩。”

离开始还有二十分钟，陈尉尉让歌手们先休息一下，并请首位比赛的福气娃娃和怪兽弟弟做好准备。

比赛现场，所有观众都已经进场坐好，台上乐队也已经就座，静等主持人上台宣布比赛开始。

时间到了，舞台上灯光闪烁，灯光打出了千万朵鲜花，从舞台上空慢慢飘落，美丽又壮观，台下观众都禁不住发出“哗”的惊叹声。从舞台侧面走出一名长得很漂亮的、笑容满面的女主持人，她走到舞台中间，说：“观众朋友们，你们好！我是《蒙面歌手》的主持人胡萌萌。欢迎大家来到《蒙面歌手》节目现场！”

观众们报以热烈的掌声。

胡萌萌等观众的掌声稍为减弱，又说：“今天是《蒙面歌手》的第一期，会有六位蒙面歌手进行比赛。我们将由台下六百位观众投票决定歌手的名次和去留。比赛分为两轮，第一轮六位选手两两对决，胜出者自动晋级，进入下一期比赛。而三位失败者要再次展开对决，从三人中选出一人继续留在舞台上，另外两人直接淘汰。由于今天是《蒙面歌手》的第一场，为表重视，我们特别邀请了三位评点嘉宾到来。首先有请著名女高音歌唱家梁凉老师！”

一位六十多岁，头发花白面目慈祥的女评委，在热烈的掌声中上场，坐到嘉宾席上。

“著名男中音歌唱家，钟启明老师！”

一位三十多岁身材高大的男士一边朝观众挥手，一边上场。观众席又响起热烈的掌声。

“影视圈的新生力量、偶像艺人林静！”

年轻活泼的女艺人林静跑上了舞台。她朝观众鞠了一躬，然后在掌声中就座。

“谢谢三位嘉宾老师。”胡萌萌朝三位嘉宾点头微笑，然后宣布，“好，下面比赛开始。有请第一位参赛歌手——福气娃娃。”

胡萌萌从舞台左侧走下去，而第一位参赛歌手则从舞台右侧走上了台。所有人的目光都嗖地一下子全落到这位歌手身上，大家都希望看出这人的真面目。但很可惜，那张福娃面具把歌手的整张面孔遮得严严密密的，身上还穿着一件宽大的衣裳，连身材都遮起来了，根本看不出是谁。唯一可以知道的，就是这人身材不高，大约一米六〇左右。

嘉宾梁凉一脸的问号，朝身边的林静说：“真难猜啊，光看表面，连男女都不知道呢！”

林静说：“看走路的样子，像个女的。”

这时灯光突然变暗了。音乐响了起来，旋律很轻快。

福气娃娃开口了：

“夏日，阳光，我们在海边冲浪，我们歌声飞扬……”

现场观众都是一些音乐爱好者，所以一下就听出这首歌是什么了。这首歌叫《夏天的歌》，原唱者是一名资深歌手。

福娃唱得很不错，还不时做几个活泼可爱的动作，观众掌声顿时响起！

在一个圆润的高音之后，福气娃娃唱完了她的歌。胡萌萌走上台，站在福气娃娃旁边，笑着对她说：“唱得真好。我能问一问，你是专业歌手吗？”

福气娃娃用加了变音效果的麦克风说：“我不告诉你。”

胡萌萌笑着说：“哈哈，很厉害哦！还想给你一个措手不及，让你说出线索。”

胡萌萌又问三位嘉宾老师：“你们三位知道她是谁吗？”

钟启明说：“我肯定她是专业歌手。台风、唱腔、高音处理，绝对不是业余歌手能做得到的。”

梁凉点头表示认同，又说：“我觉得她应该不超过三十岁。”

林静说：“我觉得声音有点熟，很可能是我认识的人。不超过三十岁的，身高一米六零左右，啊，难道是……”

钟启明高兴地说：“啊，你猜出来了？”

林静想了一会儿："猜不出来。"

胡萌萌笑着说："好吧，那暂时别猜了。我们请福气娃娃先下去休息。现在有请下一位参赛歌手——怪兽弟弟！"

参赛歌手头戴小怪兽面具上台了。他唱的歌是一首很流行的励志歌曲，唱到最后，有人都忍不住跟着小声哼起来了。

大家都想看出点什么，但他实在是遮掩得太严了，大家左看右看，都没能看出一点什么来。

怪兽弟弟唱得略有不足，比福气娃娃差了那么一点点，不过总体来说还算不错的。大家也给了他热烈的掌声。

梁凉对另外两位嘉宾说："两名歌手都是唱流行歌，没有人敢唱新歌。"

钟启明点点头，说："是。他们应该是对唱新歌没信心，因为新歌没有传唱度，观众不熟悉，会影响观众的认同程度，进而影响他们的投票意向。"

林静说："说得对。唱新歌比较吃亏，除非是一些很优秀的、一下子就把观众吸引住的新歌。"

这时女主持已经上了台，站在怪兽弟弟身边，她上上下下打量了怪兽弟弟一番，问道："怪兽弟弟，你真是个小弟弟吗？你几岁？成年了没有？"

怪兽弟弟扭了扭身子，用小朋友的声音说："我七岁！"

台上台下都哄笑起来。

女主持人装出一副震惊的样子："七岁长了接近一米八的个子，你是吃什么奶粉长大的？"

"偏不告诉你。"怪兽弟弟晃着脑袋，一副得意的样子。

几位嘉宾老师看得直乐，但他们也没能猜出这人是谁。

主持人把福气娃娃请上台，宣布说："投票时间到了，请大家拿起投票器，把票投给你认为唱得更好的选手。"

台下观众有的毫不犹豫就按下自己喜欢的歌手编号，有的跟坐旁边的观众交流了几句才按。

舞台大屏幕上显示的计数器，双方票数开始不断攀升，所有人都兴奋地看着屏幕。

不断滚动着的数字最终停了下来，现场六百名观众评审，福气娃娃获得三百九十八票，怪兽弟弟获得两百零二票。

胡萌萌微笑着宣布："第一名晋级歌手是——福气娃娃！"

大家都鼓掌对晋级歌手表示祝贺。

女主持人拍拍怪兽弟弟的肩膀说："弟弟别灰心，接下来还有一个突围赛，就是三轮中被淘汰的歌手进行比拼，最高分的一名可以进入下一期。而在突围赛中落败的另外两位歌手，也还有一个机会，就是参加最后的复活赛。”

在掌声中第一组比赛的歌手走下舞台。胡萌萌说：“下面是第二组歌手的比赛，有请第一位演唱歌手——红色玫瑰。”

第二组的红色玫瑰和叮当猫，唱得也很精彩，最后观众投票，红色玫瑰以五十多票之差被淘汰。

叮当猫比了一个胜利的手势，鞠躬退场。

胡萌萌宣布第三组歌手上场：“火星大侠，有请！”

火星大侠真不愧是大侠呀，长得又高又壮，他的歌声跟他的体格一样吓人，雄浑高亢。一曲唱完，梁凉老师忍不住笑问：“火星大侠，你是篮球运动员吗？”

火星大侠张嘴就想说什么，但马上又住了嘴，哈哈笑了两下，说：“我像吗？您说是，那我就先承认了。”

胡萌萌笑着走过来，说：“请大侠先下去休息。下面有请最后一位参赛歌手——白兔哥哥。”

身穿白色T恤，蓝色牛仔裤的白兔哥哥上场了。不知为什么，他从舞台侧走出来的时候，好像犹豫了一下，似乎有点怯场，但马上又以坚定的步子，走到了舞台中间。他低着头，稳定一下情绪，然后朝乐队点了点头。

悠扬的乐声响了起来，白兔哥哥把麦克风靠近嘴边，

唱了起来：

“我的世界因为有你才会美，我的天空因为有你不会黑……”

一开腔，就把所有人都吸引住了。这歌手，声线清亮，高亢而不失细腻，唱得太好了，而且这首歌，好像从没听过，是新歌呢！但是，好好听啊，不像有些原创新歌，要经历一段时间，慢慢地才能让人喜欢上。

“这是谁呀？”梁凉脸上带着惊喜，“唱得太好了。”

林静全神贯注地听着，她眼含着泪花，她知道这是谁，她心里暗暗为这歌手喊加油。

白兔哥哥继续唱着，他好像在找什么，视线落在舞台下右侧的一个地方。那里站着一个小小的女孩，正仰着脸静静地看着他。白兔哥哥心里一暖，感情更加投入地唱着：

“……是你让我变坚强不怕受伤……”

“唱得不错！歌也好听。以前好像没听过，应该是原创歌曲。”梁凉忍不住叫好。

钟启明点点头：“是很好听，不知是哪位高手写的。这歌手是谁呀？他先天条件很好，但气息好像略有些不稳。”

白兔哥哥的歌声仍在回响：

“……你的笑你的泪，是我筑梦路上最美的太阳……”

歌声在深情的演绎中结束。

“哗哗哗……”掌声雷动。

钟启明抢着问道：“白兔哥哥，你究竟是业余歌手还是专业歌手？说你业余吧，你声音那么好，没理由不做歌手；说你专业吧，但你在技巧方面又好像还有点稚嫩。”

白兔哥哥还没回答，梁凉又迫不及待地问：“你的声音，很干净，很清亮。如果你是业余的，我建议你做全职歌手，你别浪费了才华。至于你的唱歌技巧，稍微找老师点拨一下，就会完美的。”

梁凉说完，突然发现身旁的林静有点不对头：“咦，小林，你怎么哭了？你认识他？知道他是谁？”

林静赶紧擦了擦眼泪，说：“噢，我不知道。我是被他的歌声打动了。”

这时钟启明又忍不住问：“你这首歌是原创的吗？这位高手是谁？可以说吗？”

嘉宾老师说话时，白兔哥哥一直静静地听着，听见钟启明这样问，便回答说：“他叫钟国仁。”

“钟国仁？没听过呀！看来，高手在民间呀！”钟启明感叹地说。

主持人笑着说：“看来，嘉宾老师对白兔哥哥评价不错

哦，下面我们就来看看观众的态度怎样。有请火星大侠上台，让观众投票。”

高大的火星大侠上台了，他笑嘻嘻地对白兔哥哥说：“兄弟，唱得不错。加油！”

白兔哥哥说：“谢谢！你也唱得挺好的。”

主持人说：“下面又是紧张的投票时间了，请大家用你手中的投票器，选出你喜欢的歌手。”

观众开始投票，大家都兴奋地看着舞台大屏幕，计数器上双方票数开始不断变换，一会儿是火星大侠超前，一会儿是白兔哥哥超前，两人的票数你追我赶。

方子言看着那不断变换的数字，紧张得握紧拳头。千万要晋级呀，不能让妹妹失望。

滚动的数字停住了，投票结束！火星大侠获得两百八十八票，白兔哥哥获得三百一十二票。两人只差了二十几票！

“耶！”白兔哥哥高兴得跳了起来。

全场掌声雷动。

舞台上，胡萌萌微笑着说：“第三名晋级歌手是——白兔哥哥！恭喜白兔哥哥。现在宣布，进入下一期比赛的是福气娃娃、叮当猫和白兔哥哥。接下来是三位被淘汰歌手的保位赛。”

方子言回到后台，小岚已经等在那里，方子言跑向妹妹，一边喊着：“依依，我成功了！我成功了！”一边伸手把她抱起举高，原地转了几个圈。小岚被他转得像飞起来一样，不禁哈哈大笑。快乐的两兄妹，把后台的气氛都弄得欢乐起来。

“恭喜白兔哥哥！”福气娃娃和叮当猫都过来给方子言道贺。

方子言也笑着祝贺他们俩成功晋级。

这时候台上的保位赛开始了。之前被淘汰的三名歌手经过一番比拼，火星大侠突围而出，成功进入下一期的比赛。

第 12 章 嗓子哑了

第一期比赛的实况，在第二天晚上播出了，当晚，跟比赛有关的新闻报道铺天盖地。

“《蒙面歌手》节目新颖有趣，惹来全城热议，歌手身份成谜。根据嘉宾老师猜测，晋级歌手起码有两位是专业的。”

“史上最小的经纪人，晋级歌手白兔哥哥的经纪人为歌手的妹妹，年方七岁……”

“《蒙面歌手》第一期比赛圆满结束，六名歌手中，福气娃娃、白兔哥哥、火星大侠、叮当猫成功晋级。”

“四位歌手均获嘉宾老师好评。”

“第二期比赛在两天之后举行，将有两名歌手补位。补位歌手水准如何，大家拭目以待！”

无数条有关《蒙面歌手》的新闻中，七岁经纪人的那条新闻被顶上头条，成为一时热门话题。所有人都觉得不可思议，这么小的经纪人？不是吧，她还要别人照顾呢！

媒体很想从这位小经纪人身上查到白兔哥哥的身份，可惜没一个人能办得到。小姑娘太聪明了。

话题人物小岚，却对这些不闻不问，她一心一意陪哥哥练歌。

“哥哥，你又唱错了，用心点嘛！”

“对不起，依依，再来一遍。”

“唔，这次好多了。还有，嘉宾老师说你气息不稳，下次比赛时你要注意哦！”

“好的，依依。”

“噢，这次很好，哥哥，你比赛时这样唱就行了！”

小岚就像个严格的小老师，指导着哥哥。

方子言也很努力，每天练到很晚才睡。

时间过得飞快，明天就是第二期比赛的日子了。小岚见哥哥准备得不错，晚上便不再让他练习了，让他早点睡。

第二天，尽职尽责的小岚一大早便起了床，去拍哥哥

的房门:“哥哥，起床了！”

没有人回应。小岚有点奇怪，哥哥平时也不是喜欢赖床的人，今天怎么啦?

“哥哥，起床了！我要去拿早餐了。”小岚又喊了一声。

“唔……知道了。”方子言应了一声。声音有点哑哑的，还带着鼻音。

咦,哥哥怎么了？小岚心里有点忐忑。不会是病了吧?千万别啊!

听到里面有走路的声音，房门“吱呀”一声打开了，方子言走了出来。只见他皱着眉头，没精打采的样子。他走到客厅的那张小沙发旁，一屁股坐了下去。

“哥哥,你怎么啦?”小岚走过去,摸摸哥哥的额头,“啊,好烫，你发烧呢！糟了糟了，一定是这些日子练歌太拼了。”

方子言无力地瘫在沙发上。几年来他事业一直不顺，被公司雪藏，外出打工又常常碰壁，所以经常没收入，过着有上顿没下顿的日子。加上心情抑郁，年纪轻轻身体就不太好，太热了太冷了太累了，都很容易发烧感冒。自从妹妹回来以后，他心情好多了，身体好像也壮实了些。只是底子差，所以累了点就又病了。

方子言恼火地敲了自己脑袋一下，好不容易事业有转机了，有机会养活妹妹了，没想到这身体又不争气，紧要关头病了。不过，为了妹妹，自己无论如何都不会放弃的。他声音嘶哑着说:“没问题的。依依你放心，我会去比赛的。”

小岚一跺脚:“你病成这样，声音都哑了，怎么唱呀！我打电话替你找医生。”

“尉尉姐姐，我哥哥病了，发烧呢！电视台有医生吗?我想带哥哥去看病。”小岚打了个电话给陈尉尉。

陈尉尉一听就急了:“啊，白兔哥哥病了！哎呀，糟糕了。现在才七点，医生还没上班呢！我马上打电话给他，让他早点来。你等我电话！”

“谢谢尉尉姐姐。”小岚放下电话，对方子言说，“尉尉姐姐打电话找医生了。”

方子言张了张嘴，想说什么，但发现自己说不出话了。咽喉像火烧似的，又干又疼，他拼命想说话，但却引来了一阵剧烈的咳嗽“咳咳咳咳……”

“哥哥，你别说话了。”小岚急得快哭出来了，她用小手拍着方子言的背，说，“等医生来了就好了，医生会有办法的。”

方子言无奈地点了点头，人却更加虚弱，躺倒在沙发上。

小岚急忙拿了条毛巾，到水龙头下打湿了，拿出来给

哥哥降温，又倒了杯凉水给哥哥喝。

这时，砰砰砰，有人敲门。小岚也忘了给方子言戴上面具了，她三步并作两步去开了门，出现在门口的是陈尉尉。

陈尉尉一脸焦虑地走进来："我找到张医生了，他说马上回来。他就住附近，十分钟后就可以到了。"

虽然陈尉尉之前见的白兔哥哥都是蒙着脸的，但她还是一下就断定那满脸通红、四肢无力瘫在沙发上的人是他。陈尉尉并没有认出眼前的少年就是两年前那件事的主角，她第一个念头是白兔哥哥病得不轻，第二个念头是这少年长得真帅，她走近方子言，很担心地说："看样子病得不轻呢！你肯定是压力太大，练歌又累了点，所以挺不住了。"

方子言喝过水后，嗓子勉强能发音，他用嘶哑的声音小声说："对不起，给你添麻烦了。"

陈尉尉说："不麻烦，这都是我们应该做的。只是你病得真不是时候，要是今天不能参加比赛，就只能宣布退出了。本来大家对你的表现都挺满意的，要是你不能继续参赛，就太可惜了。"

"我可以的。"方子言毫不犹豫地说。

虽然方子言挺坚持的，但陈尉尉心里却不看好，病成这样，情况不妙啊！

正说着，一位男医生背着出诊箱来了。他一进门，看了方子言一眼，听了听他粗重的呼吸，就说："起码三十九度以上。"

他拿出电子耳温枪，往方子言耳朵一塞，很快听到嘀的一声，拿出一看："果然，三十九度八，高烧。"

他又拿出听诊器听了听心音，看了看喉咙，说："重感冒，还有肺炎症状，得卧床休息。我给你开些消炎和退烧的药，看今天能不能好转，如果效果不明显，你得住院治疗。"

"不，我不能休息。我撑得住，能参加比赛。"方子言挣扎着坐了起来，小声说。

"哥哥，听医生的话，你不能参加比赛了。你得休息。"小岚赶紧按住方子言。

陈尉尉也说："是呀！你即使能坚持上台，但你说话都这么困难，还怎么唱歌？去参赛也肯定被淘汰。算了，退出吧！你还年轻，今后机会多着呢，别唱了别唱了。"

"不，我不退赛！"方子言一把抓住医生的手，说，"我不能退赛。医生，请给我打咽封闭针。我知道有歌手由于失声打过封闭针，打了就能唱了。"

"打咽封闭针？什么是封闭针？"小岚不明白。

医生说："封闭针，就是把药物打进痛点，切断病变部位的神经传导，缓解疼痛。”

小岚吓得睁大眼睛：“啊，那咽封闭针岂不是要往咽喉打针！太可怕了！”

医生严肃地对方子言说：“打封闭针，是能起到消炎止痛作用，不过我不赞成你打。因为你嗓子的情况比较严重，打封闭针后也未必能唱好歌。”

方子言请求说：“我想……试试，医生，求你了！”

医生定睛看了他一会儿，叹了口气说：“比赛真的那么重要吗？病成这样了，还这么固执。好吧，就给你打一针试试。”

医生从药箱拿出针筒和一应药剂，调试好后，便扎进了方子言脖子上咽喉的位置。

小岚的眼泪哗地流了出来，她看着都觉得痛啊，可哥哥是直接扎在脖子上，扎进咽喉里，那该多难受啊！

身边的陈尉尉捂着眼睛不敢看。

医生把针头抽出来，对方子言说：“你试试唱歌。”

方子言清了清嗓子：“咳咳。我……蓝天，我爱……云……”

嗓子全没了之前的清亮高亢，而是沙哑、低沉，其中还有断音，别说是参加比赛，即使是让人听着都难受。

方子言脸上满是沮丧，但他还是拼命地唱、唱：“我爱……蓝天……云，我……咳咳咳……”

方子言咳到满脸通红，眼泪都流出来了。

小岚忍不住哭着说：“哥哥，我求你了，别唱了！”

方子言摸摸妹妹的脑袋，神情沮丧，眼里满是绝望。本以为可以借着参加这次比赛，从头再来，签约新公司，挣钱养活妹妹，让妹妹过上好的生活，没想到天有不测风云，竟然在紧要关头生病。

难道，命运真的注定自己要失败？上天真的不给自己机会？！

自己可以潦倒一生，但妹妹怎么办？

一想到妹妹，方子言觉得勇气又回到自己身上。向命运挑战，不信天，不信地，信自己！

第13章 第二次晋级

方子言要求医生再给他打一针。

“啊！”医生大吃一惊，“你不知道吗？打封闭针两次之间一般要间隔七到十四天，你刚打完，又打？！这样有可能会对你身体造成损害的。”

陈尉尉也忍不住了：“白兔哥哥，你疯啦！比赛就那么重要吗？连命都不要了！”

“哥哥，听医生叔叔的话，别打了！”小岚流着泪劝道。

“依依，别……阻挠我，没事的。”方子言拍拍小岚的肩膀，又对医生坚决地说，“医生，给我打吧，出了问题我自己负责。”

医生叹了口气："好吧，祝你好运。"

医生低头调配着药物，嘴里还嘀嘀咕咕："真是个小疯子。犯得上这么拼吗？！"

小岚流着泪看着哥哥。不了解方子言的人，都会认为他疯了，为一场比赛冒这么大的风险。但小岚明白，他这么拼命是因为什么。

看着针头又一次扎进了方子言的喉咙，小岚的眼泪流得更多。她心里暗暗祈祷，希望方子言能唱歌，能拿到好成绩，不负他忍受这样的痛苦，做出这样的拼搏。

方子言眼睛眨也不眨地，无比镇定地让医生打完了第二针，只有他自己知道有多么痛。但他不敢露出丝毫痛楚的表情，他不想让妹妹担心。

"好，打完了。真是个好样的小伙子，愿老天保佑你。"医生不禁为方子言的坚强所感动，他放下手里的针筒，示意方子言唱几句。

"我爱蓝天白云……"咦，好多了，起码不会在唱歌中间有失音的情况出现了。但是，却失去了少年人声音的清亮，变得沙哑低沉，而且高音上不去。

医生拍拍方子言的肩膀，安慰说："年轻人，你是好样的。希望你能创造出奇迹。"

陈尉尉叹了口气，觉得挺心疼的。方子言忍受那么大的痛苦，如果最后还是无法改变被淘汰的命运，那就太可惜了。她对方子言说：“好好休息，等会儿上台要留意护着自己的嗓子，别太拼了。”

说完，便跟在医生后面走了。

小岚关上门，回头看着方子言不甘心的眼神，说：“哥哥，原先定好的那首歌你没法唱了。换首歌吧，我给你一首适合你现在嗓子状况的歌。”

“真的？”方子言眼睛一亮。

小岚点点头：“只是没排练过，乐队不能给你伴奏了。不过，这首歌很适合用吉他自弹自唱。”

方子言马上说：“那行！我可以弹吉他。”

小岚马上拿出纸笔，很快写了一首歌，交给方子言。

第二期比赛开始前三十分钟，小岚和方子言按要求来到了后台休息室。在第一期成功晋级的福气娃娃、叮当猫、火星大侠，还有新加入的两名歌手都已经到了，正和陈尉尉说着话。

见到方子言到来，陈尉尉关心地问：“白兔哥哥你觉得怎样？能顶得住吗？”

“谢谢，我行的！”方子言用沙哑的声音回答。

陈尉尉点了点头。她看得出方子言现在的情况并不比早上好，心里暗暗叹了口气。

其他歌手可能之前已经听说了他生病的事，这时也都纷纷过来问候。方子言不想多说话，便由小岚代他一一向歌手致谢。

第二期的比赛，原来晋级的四名歌手加上补位的两名歌手，还是六名参赛者。比赛规则跟第一期一样，还是两两对决。通过抽签，分成三组，方子言这回在第二组。

第一组比赛的是火星大侠和一名补位歌手，经过角逐，火星大侠以大比分赢了新补位歌手，成功晋级。

轮到第二组比赛了，首先出场的是叮当猫，他唱了一首民歌，很有原生态的味道，博得了观众很热烈的掌声。

当主持人宣布，下一位参赛歌手是白兔哥哥时，台下观众都充满期待。第一期比赛播出之后，很多人认识了这位声音清越的年轻歌手，大家都很好奇，很想知道，叮当猫跟白兔哥哥相比，哪个晋级的可能性更大。

但知道白兔哥哥身体出问题的人都在想，这回他肯定会输给叮当猫了。

主持人报完幕后，方子言戴着白兔面具，拿着吉他走上舞台，他走得很缓慢，脚步还有点飘。台下的人见了都觉得很奇怪，白兔哥哥怎么了？明明是个年轻小伙子，但今天怎么动作迟缓，像一个上了年纪的人。

主持人知道内情，她对观众说：“白兔哥哥今天病了，发烧差不多四十度，但他坚持参加比赛。大家鼓掌给白兔哥哥一点鼓励。”

台下观众都鼓起掌来。有人还大声喊：“白兔哥哥加油，白兔哥哥加油！”

方子言好像连回应的精神都没有了，他只是对大家微微点了点头，好不容易走到了舞台中间，那里早已摆了一把椅子。方子言坐到椅子上，他觉得头有点眩晕，脑子都有点不清醒了，他不禁对自己产生了怀疑，真的能整首歌唱下来吗？

突然，他从观众喊声里听到了一个稚嫩的声音：“哥哥，加油！”

方子言听到了，那是妹妹的声音。他抬眼看向声音发出的地方，只见妹妹坐在前排一把椅子上，正使劲喊着，大眼睛亮亮地看着自己。

方子言突然感到身上又有了力气，他抬起手，在吉他弦上拨出了一段优美有力的前奏，然后开腔了。缓慢抒情低声的吟唱，令歌曲充满淡淡的温暖与忧伤：

“……我曾经跨过山和大海，也穿过人山人海……我曾经失落失望，失掉所有方向，直到看见平凡……”

全场一片安静，人们都安静地聆听着那轻轻的、感人的吟唱，生怕漏掉了一句半句。他们在平稳的旋律中享受歌手的平静与真挚，还有在迷茫中寻找方向的那种坚持。

这是著名歌手朴树唱的一首歌，本来歌中也有几处音调稍提高的地方，但小岚怕方子言的嗓子提不上去，给改了一下。使整首歌既能保持优美动人，但也更为平缓，好让方子言在嗓子出问题的情况下能顺利表演。

白兔哥哥终于完成了整首歌的演唱，正因为他的嗓子有点沙哑，更贴合曲子和歌词内容，唱出了沧桑和迷惘，更能拨动听者的心弦。

“哗啦啦……”掌声如雷，台上台下，以及工作人员，都给了白兔哥哥热烈的掌声。这是对他这次演唱的肯定和赞扬。

方子言用吉他撑着身体站起来，朝观众微微鞠了一躬。

主持人走上台，说：“谢谢白兔哥哥的倾力演出，他的精神值得大家学习。下面，又到了投票的时候了，请叮当猫上场。我要特别提醒一下观众，为公平起见，希望大家都着眼于歌手本身的演唱水准，给出正确的选择。”

方子言点头表示赞同。他希望如果自己赢了这场，是因为自己唱得好，而不是因为自己生病而得到观众的同情票。

开始投票了！

屏幕上的计分器在两名歌手的名字下面不断变换着，一会儿是叮当猫票数高，一会儿是白兔哥哥票数高，紧张刺激引来观众一阵阵惊呼。

最后数字定格在：叮当猫二百五十一票，白兔哥哥三百四十九票。

白兔哥哥赢了！

全场掌声雷动，台下观众大声喊着："白兔哥哥！白兔哥哥！白兔哥哥……"

但方子言已经用尽了力气，最后是主持人扶着他回到休息室的。

陈尉尉已把医生请来待命，医生一见方子言的情况，又是生气又是佩服。医生本来要方子言住院，他死活不肯，怕耽误练歌，医生只好千叮万嘱要他注意休息。

第 14 章 人气歌手

幸好方子言年轻，两天之后身体便好起来了。到第三天，就痊愈了。

《蒙面歌手》进入第三期、第四期、第五期的比赛……

随着一期又一期的节目播出，《蒙面歌手》越来越受欢迎，成了国内最热门的综艺节目。歌手们的倾力演出，歌手们谜一样的身份，都引起了社会极大的反响。

大家都在猜测，一直没被淘汰、高歌猛进的福气娃娃、白兔哥哥等几名歌手是谁？以致《蒙面歌手》比赛期间涌现了无数“福尔摩斯”业余侦探，他们从歌手的动作、身形、歌声，甚至从他们的经纪人身上，希望找到一点蛛丝马迹。

但这些“福尔摩斯”无一例外地失败了。歌手们把自己隐藏得太好了，面貌身形全遮住，唱歌时声音也作了变化，所以都无法看出他们是谁。

大热的节目，社会的关注，也捧红了参赛的歌手，许多娱乐公司、电视台都盯着自己喜欢的歌手，准备好合约，准备总决赛一结束就马上抢人。

方子言每场的表现都不错，每期都能晋级，得到了不少观众的喜爱。网上有了不少歌迷，大家都亲切地叫他“白兔小哥哥”。

很快第六场比赛到了，这是很关键的一场。在这场比赛中脱颖而出的四名歌手，将直接进入半决赛。

第六场比赛的前一天晚上，网民们就在网上议论纷纷：

“我看好福气娃娃。看她的台风，她的歌声，我猜她肯定是一位极受欢迎的专业歌手，她肯定能进入决赛。”

“我看好白兔小哥哥。他虽然看上去有点青涩，但嗓子的先天条件很不错。另外很难得他每首演唱的歌都是原创，而且都很好听，这点会让他更受观众欢迎。”

“直到目前来说，福气娃娃和白兔哥哥的确是在领先地位，但听说第六场的补位歌手很厉害呢，说不定就把他们击败了。”

“我喜欢白兔小哥哥，我做定他的粉丝了。即使我无法做现场观众，但决赛时增加的场外观众投票环节，我一定参加，务必投白兔小哥哥一票。”

“喜欢加 1。”

“喜欢加 2。”

“我喜欢福气娃娃！我会投她一票。”

“我喜欢新晋级的理想之树！”

“……”

歌迷们在网上的讨论，直到深夜还没停下来。

比赛当天早上，小岚跟之前的五场比赛一样，早早起了床，去电视台的餐厅领来了自己和方子言的早餐。

餐厅的员工都认识了这个小小经纪人，每次见到她都亲切地打招呼：“白兔妹妹，来领早餐啊，真乖！”

“这么小就这样懂事，要是我有这样的女儿就好了！”

“小妹妹，来姐姐这里，我给你准备食物。”

餐厅负责分派食物的姐姐朝小岚招手，然后熟练地把装了食物的几个外卖盒放进袋子里，递给小岚：“拿好，里面有两杯饮料呢，别洒了。”

“谢谢姐姐！”小岚笑嘻嘻地道了谢，拎着东西走了。

回到宿舍，方子言已经起了床，见小岚拿了早餐回来，

有点不好意思地说："依依，本来应该哥哥照顾你的，现在反而……"

小岚说："没事呀！你要保持神秘感嘛，这些事还是我来做吧！别的歌手都是经纪人做的。"

方子言说："可是，你那么小。"

小岚扮了个鬼脸："别小看小孩子。人家曹冲称象的时候比我现在还小呢！好啦好啦，你继续装神秘，由我来照顾你。等结束了，我就啥事不管，做小皇帝，小公主。"

方子言说："哥哥一定努力，争取好成绩，找到好工作，让你将来像公主一样生活。"

小岚说："嗯，我相信。哥哥加油！"

方子言又问："依依，今天的帮帮唱，你还要再排一次吗？"

小岚说："不用了。反正等会儿还要跟乐队排一次。"

第六期增加了一个"帮帮唱"的环节。就是由歌手自己请人来帮忙，合作演出，给自己的比赛加分。方子言在娱乐圈也没有朋友，所以就让妹妹来帮帮唱。他觉得妹妹的声音很不错，虽然缺乏训练，唱起来不是那么完美，但那清脆纯真的童声，听起来有天籁的感觉，别有一番动人。

因为是预赛的最后一场，演出前总导演童晖亲自前来给歌手打气，预祝他们成功晋级半决赛。

开始了，女主持人走上舞台，简单说了开场词，便宣布:“今天这场比赛的第一组第一位表演歌手，是理想之树。有请！”

理想之树看上去是个很活泼的人，他戴着一个小丑面具，跳着蹦着走上舞台，站定后，大声宣布:“有请我的帮唱嘉宾，美丽的花儿朵朵上场！”

一个有着苗条身材、脸上戴着花朵图案面具的女歌手走上舞台，她朝大家一鞠躬，然后笑着说:“大家好，我是花儿朵朵。大家可能很奇怪，像我这样一个美女，怎么会给这样的丑八怪帮唱呢？悄悄告诉你们一个内幕消息，其实我是被强迫来的。所以，我今天决定唱歪了，唱走调了，让他晋不了级。”

“哈哈哈……”台下观众都笑了起来。

“不要不要！我要晋级我要晋级！”理想之树跺着脚说，“大家要帮我呀，今天即使唱得不好，也要投我票啊！”

“休想！”台下有人故意说。

引来哄堂大笑。

笑声中，乐队奏响了前奏，理想之树和花儿朵朵唱起来了。他们唱的是一首好听的男女对唱歌曲，唱得声情并茂，

两人唱完，台下观众都使劲鼓起掌来。

“他们唱得不错。哥哥，有信心赢吗？”小岚问。

方子言看看妹妹，说：“和妹妹一起唱歌，信心比平常多了十倍！”

小岚咧开小嘴，笑着说：“好，咱们一起努力，用十倍的信心去争取胜利。”

工作人员拍了拍方子言：“白兔哥哥，到你们了。”

“好。”方子言又对小岚说，“你先在通道口等着，我请帮唱嘉宾上台时，你再上场。”

“嗯。”小岚点点头。

第15章 身份暴露

方子言大步走上舞台。他充满信心，一定要赢了今天这一场，进入半决赛。

小岚看着哥哥，觉得他今天特别有斗志，她觉得哥哥一定会赢。

可是，事情就那么地令人猝不及防，就在方子言快要走到舞台中间时，方子言白兔面具的扣子突然松脱，啪一下掉了下来。方子言的真面目，一下子暴露在所有人面前。

方子言被这突然事件弄得呆住了，现场的人也呆住了。

全场静默两分钟，突然有人高喊：“方子言！是方子言！”

台上台下，还有后台，顿时起了轰动，人们议论纷纷：

“啊，方子言！白兔哥哥竟然是方子言！”

“方子言？两年前上了网上热搜的那个歌手？”

“那个欺男霸女，差点儿要判刑坐牢的坏孩子！”

“……”

两年前的欺凌和伤人事件闹得很大，万家富为了抹黑方子言，买通了许多新闻传媒机构，歪曲事实，诋毁方子言的名声，影响范围之广可以说是前所未有。万家富是富豪的儿子，有钱有势可以为所欲为；而方子言只是一个孤苦伶仃的孤儿，又有谁帮他发声？所以他恶名就坐实了，在所有人心目中他就是个社会败类、不良少年。

站在台侧准备上台帮唱的小岚，一开始也慌乱起来。方子言身份被发现了，怎么办？

听到身后主持人和童晖等几人在商量。

“真没想到，白兔哥哥是方子言。”女主持人说。

“童导，现在怎么办？他肯定唱不下去了。”节目监制说。

“让他退出吧！他只要一开腔，观众肯定喝倒彩，把他轰下台，倒不如现在让他退出。”

童晖点点头：“那好吧！胡萌萌去把他带回后台。”

小岚听到这里，瞬间做了一个决定：不能让方子言就这样下台，让他唱，用他的歌声打动观众，事情仍有一线生机。如果他就这样黯然退出，就一辈子都抬不起头来了。

小岚在胡萌萌走上台之前，迈着坚定的步伐，走上了舞台。她一边走，一边扯下了自己的小白兔面具，她要和哥哥一起直面观众。

台下观众正在用沉默向台上那个坏孩子发出无声的抗议，却意外地看到一个美丽、高贵得像小天使般的小女孩，一步一步地走了出来。

小天使身穿白色小纱裙，身后有一对白色的缀满小星星的小翅膀，乌黑的头发瀑布般披在肩上，精致的瓜子脸上有一双亮得像黑曜石一样的杏核眼，小嘴就像刚刚盛开的红色玫瑰花。

这、这、这，这是哪里来的美丽纯洁的小天使！台下观众全都惊呆了。

方子言没想到妹妹会自己跑上台来。他低下头，用悲伤的眼神看向她。他没想到自己希望重新来过的愿望，就这样猝不及防地被打碎了。

小岚把自己的小手放进方子言的大手里，用坚定的眼神看着他：“哥哥，咱们唱好这首歌，要唱得比之前都好。”

妹妹手上的温度，暖和了方子言的心，勇气好像又回到了身上，他点了点头：“嗯！”

方子言拉着小岚的手，两人在一张预先摆放在台上的双人椅子上坐了下来。方子言转头向乐队点了点头，示意可以开始了。

乐队指挥犹豫了一下，看向舞台一侧，那里站着总导演童晖、女主持人，还有几名节目组成员。

童晖一脸凝重，他没想到帮唱的小女孩会自己跑上了舞台，他默默地看着舞台上那两个相互依偎着的身

影，沉思了一会儿，然后朝乐队指挥点了点头。

乐队指挥收到了指令，便举起双手，朝乐队一挥。

音乐起。

椅子上，方子言和小岚对望着，方子言唱道：

“每当我心情低落，我的精神是如此疲惫。当烦恼困难袭来之际，我的内心苦不堪言。然后，我会在这里静静等待，直到你出现陪我坐一会儿……”

他的声音清澈干净，如涓涓细流，悦耳动听，饱含深深的情感，配上乐队委婉动人的爱尔兰风笛，让观众们全都惊呆了、沉醉了。很多人瞠目结舌的，为这首从没听过的、有着无与伦比魅力的歌曲所震惊。

方子言唱的，是小岚原来那个世界里，风靡全球的爱尔兰歌曲《你鼓舞了我》。

方子言拉着小岚的手站了起来，慢慢地走向舞台中央，他的声音变得高亢、振奋：

“有你的鼓励，所以我能攀上高山之巅；有你的鼓励，所以我能越过狂风暴雨的大海。当我倚靠着你时，我是如此坚强，因为你的鼓舞，让我超越了自己……”

观众们全都情不自禁地鼓起掌来。

间奏过后，小岚举起麦克风，唱了起来：

“有你的鼓励，所以我能攀上高山之巅；有你的鼓励，所以我能越过狂风暴雨的大海。当我倚靠着你时，我是如此坚强。因为你的鼓舞，让我超越了自己……”

小女孩的歌声，犹如天籁，在音乐大厅的上空环绕，让观众仿佛听到了天使的声音。

方子言和小岚一齐唱了起来：

“有你的鼓励，所以我能攀上高山之巅；有你的鼓励，所以我能越过狂风暴雨的大海。当我倚靠着你时，我是如此坚强。因为你的鼓舞，让我超越了自己……”

虽然只是两个人的合唱，但却给人一种气势磅礴的感觉，歌声充满感恩，给人鼓舞，给人一种无畏的力量。

两人唱完后，方子言蹲下来，把小岚搂在怀里，泪流满面地说：“依依，谢谢你鼓舞了我！”

人们静静地看着台上两兄妹相拥的感人场面，突然，听到有人鼓起了掌，接着，是第二个人，第三个人……到最后，掌声如雷，巨大得仿佛可以冲破音乐厅的屋顶。

突然有人大喊一声：“方子言，加油！”

那是坐在前排的满脸泪水的林静。

“孩子，加油！”一个苍老的声音喊着，那是坐在林静身旁的梁凉在喊出心里的话。

“方子言，加油！方子言，加油！”观众席上，无数人一起高喊。

“谢谢，谢谢！”方子言站了起来，流着泪，向人们长久地鞠躬。

舞台一侧，童晖等人神情激动，童晖喃喃说着：“唱得太好了！偏偏这孩子……真可惜，真可惜！”

他对主持人说：“萌萌，按原来程序进行吧！把理想之树叫上来，让观众投票。”

“嗯。”胡萌萌擦了擦眼角的泪水，走上舞台。她摸摸小岚的脑袋，说，“小妹妹，你先下去。”

小岚点点头，走下舞台。

“下面，请出上一位比赛的歌手，理想之树。”

主持人接着说：“又到了给歌手投票的环节，请大家拿起你的投票器，给你认为唱得好的歌手投上一票。”

观众开始投票了。屏幕上的两名歌手名字下面的数字在不断变换着。很快，理想之树领先了，最终结果，方子言输了。

方子言眼里含着泪水，那不是难过的泪，而是喜悦的泪。在身份暴露之后，仍有二百多名观众把票投给了他，认可他，这让他很感动。他知道，这里有很多是妹妹给他挣的分。

第16章
我怎么飞也飞不高

当天晚上，几乎所有新闻媒体都报道了白兔哥哥身份暴露的事，惹来全城热议：

“还以为白兔哥哥肯定能杀进总决赛，没想到会是这样的结果。”

“抵制方子言，请节目组把方子言赶出《蒙面歌手》节目！”

“欺凌小女孩的不良少年没资格参赛！”

“事情都过去两年了，也得给人一条活路。人家改了不行吗？”

“赞成！那首《你鼓舞了我》唱得多好啊！小天使妹妹

多可爱呀！看在小天使妹妹分上，我赞成给方子言改过自新的机会。”

“方子言唱功比以前更出色了，如果埋没了实在可惜。”

“江山易改，本性难移。不相信他能改好，坚决抵制方子言！”

一时间，支持方子言的，反对方子言的，都在网上留言，争论不休。

同一时间，刘彬工作室，方子言兄妹暂时的家。

因为方子言的身份已经暴露，所以他们干脆不在电视台住了，回了刘彬工作室。录音室设备齐全，方便练歌。

小岚不让方子言上网，不想让那些言论刺激他。下一期是突围赛，历场比赛中被淘汰的歌手，还有在半决赛中被淘汰的歌手进行比赛，选出其中三位进入总决赛。

方子言在妹妹的督导下，比以往任何时候都认真，一丝不苟地练歌，他决心要挣脱命运的摆布，冲出困境，为自己、为妹妹走出一条路来。

其间，林静和刘彬都分别给了方子言很多的鼓励和帮助。

日子在飞快地过去，突围赛的日子到了。虽然方子言的身份已经暴露，但他还是按照节目的规定，戴上了白兔面具。当他牵着小岚的手，来到后台休息室时，大多数歌手已经到了，但没有人跟他说话。方子言直接无视，他拉着小岚，坐到了一个安静的角落里。

这场突围赛，是由参赛的八名歌手由一到八逐一上台演唱一首歌，然后由观众投票，最高票的三名，进入总决赛。

八人进三人，希望还是很大的。所以歌手们都跃跃欲试，决心夺得一个席位。

陈尉尉拿来一个篮子，篮子里放着八个信封，请经纪人伸手进去取一个。

陈尉尉说："大家注意了，拿到信封后，先别打开看。"

小岚气定神闲地，等其他人都拿了，她才去拿了最后剩下的一个。

陈尉尉解释了一下："信封里有一张纸条，上面写有数字。这数字就代表歌手的出场顺序。下面大家可以打开信封了。"

一个急性子的经纪人匆忙打开信封，拿出一张纸条，打开一看："啊，天哪天哪，一号，这回死定了！"

一般这样的比赛，越早演出就越糟糕，因为唱到后来，观众对前面唱过的歌手印象都淡了，所以歌手们都希望自己拿到后面的号。

小岚打开信封，自己都还没瞧清楚，就被旁边一个经纪人看到了：“哇，小妹妹运气真好，八号呢！”

小岚呲着小虎牙笑得很开心，她把纸条给哥哥看，方子言一看自己是最后一个演唱，是最有利的出场序号，脸上不禁露出了笑容。他摸摸小岚的脑袋，说：“谢谢依依，依依真不愧是哥哥的小福星。”

比赛开始了，歌手们都使出浑身解数，因为如果突围失败，就不能再参加比赛了。第一名歌手，第二名歌手，第三名歌手……一直唱到第七名歌手，大多数人都唱得很不错，这也表示今天突围赛竞争很激烈，每个人都有可能进入总决赛。

轮到方子言了,小岚跟哥哥一击掌,跟他说了声“加油”,然后方子言就上了台。

方子言一走上舞台，就听到了很多嘘声，这令他脚步顿了顿。但他又很快地稳步走着，走到了舞台中间。

绝不能受这些人影响！他深深吸了一口气，然后向乐队示意开始。

前奏响起。方子言眼前掠过这几年经历的一幕幕，有愤怒，有悲伤，有快乐，也有痛苦。他感到很无奈，为什么生活的道路总是那么难走？为什么自己没做过坏事却要受到那么多的责难？为什么自己要努力要奋起却困难重重？为什么妹妹小小年纪要陪着自己受苦？为什么？为什么？

悲愤和无奈深深地压在他心头，令他想呐喊，想怒吼，想问问上天为什么对自己那么不公平！

前奏结束，他拿起了麦克风，把自己的悲伤和无奈融入了歌声：

“有时候我觉得自己像一只小小鸟，想要飞，却怎么样也飞不高……”

全场观众被方子言的歌声震撼了。本身这首歌很好听，歌手又感情饱满，每一句歌词，每一个音符，都表达了“想要飞却怎么也飞不高”的无力感和悲伤。

“每次到了夜深人静的时候我总是睡不着……幸福是否只是一种传说，我永远都找不到……”

父母双亡、小小年纪就出来社会拼搏；还未展翅高飞，翅膀就被折断；处处碰壁、连小妹妹也无法照顾，令方子言的歌声里充满了悲哀。

歌声击中了人们内心那一块柔软的地方。人都是有同情心的，看着台上那个含着热泪的伤感的少年，很多人的眼里都含着泪花。

“呜呜呜……”有观众忍不住哭了。

林静大声叫道：“方子言，不哭！”

梁凉喊道：“孩子，从头来过吧！”

钟启明大声说：“亡羊补牢，未为晚也。支持你！”

更多的人喊了起来：“子言不哭！子言不哭！”

方子言哽咽着，唱完了整首歌。当他向观众深深鞠躬时，全场爆发热烈掌声。站在台侧的小岚，含着眼泪笑了。

八位歌手全部表演完毕。观众开始投票，三名晋级歌手产生了，方子言名列其中。他用他那年轻悦耳的歌声，用他饱满的感情和勇气，赢得了很多观众的支持和赞赏。

正当方子言充满信心，用全部精力为总决赛备战时，网上刮起了一股倒“方”的狂潮。

这股狂潮的推动者，就是两年前打人事件的所谓“受害人”，刚从国外回来的万家富。

两年前，他的父亲在弄清楚了整件事之后，对这个儿子的所作所为很生气，但碍于亲情他还是昧着良心默认了万家富的颠倒黑白。不过没有答应万家富把方子言弄进监狱的要求，而是向警方求情，把方子言拘留十多天后释放了。

万家富没把方子言弄进监狱，很不甘心，于是利用媒体抹黑他，让所有人都误解方子言是一名欺男霸女的不良少年。后来，万家富的父亲就强制命令他去外国读书。一读便是两年，前几天回国，在他父亲公司担任副总裁。他对方子言打了他还耿耿于怀，希望回来后见到方子言成了过街老鼠人人喊打，落魄潦倒，最好是沦落到街头行乞。

但万万没想到，一回来就从新闻上知道了方子言得到许多人支持晋级《蒙面歌手》总决赛的事。他好气呀，气得用脑袋撞了几次墙。摸着头上撞出来的大包，他做了个决定，就是出钱聘请大量“水军”。在网上重提当年旧事，一定要让方子言无法踏上总决赛的舞台，即使能踏上舞台也没有人给他投票，让他一败涂地，永远不得翻身。

一时间，千百名水军涌上《蒙面歌手》的官方网站，涌上各民间论坛，抹黑方子言，煽动不明真相的人抵制方子言。

“抵制不良少年！莫让不良少年玷污《蒙面歌手》舞台！”

“警惕不良艺人教坏青少年！”

“呼吁罢看《蒙面歌手》总决赛，罢看白桦电视台节目。”

“方子言滚出娱乐圈！”

“……”

第 17 章 你是我的小太阳

方子言到底只是一个十七岁的少年，这铺天盖地的抹黑唱衰，让他情绪低落、十分沮丧。这天晚上，他一个人静静地坐在窗前，用黯然的目光，看着漆黑的天空。云遮雾掩，月亮不见了，星星也不见了，方子言闷闷不乐的，心情就像这天空一样暗淡无光。

小岚走过去，什么也没说，只是用自己的小手握住了哥哥的手。

方子言低头看着妹妹。慢慢地，他的眼睛又有了神采，又有了光亮，妹妹就像个小太阳一样，温暖了他的手、他的心。

“哥哥，加油！那些人骂得越凶，我们就越要争气，拿出好成绩，给他们一记响亮的耳光。”

“好！谢谢妹妹。”

“铃……”方子言的手机突然响了。

方子言一看，来话显示是节目组的陈尉尉。他马上接听：“陈小姐，什么事？”

“方子言，来视台让我通知你……”陈尉尉有点吞吞吐吐的。

“通知我什么？”

电话那头，陈尉尉叹了一口气：“方子言，对不起。我知道这对你很不公平，但是我又无法帮你。电视台决定，取消你的总决赛资格，你不用来参加比赛了。”

“啊！”方子言大吃一惊，他愤怒地说，“为什么？”

“网上有几千人搞事，煽动罢看《蒙面歌手》总决赛，除非你退出比赛。节目的赞助商和广告商怕因此收视率大跌，影响他们投放的广告传播效果，所以对电视台施加压力。电视台没办法，只好做了这个决定。童导演反对这样做，跟台长吵了一架，但都改变不了电视台的决定。”陈尉尉无奈地说。

“那……好吧，谢谢你的通知。另外，替我谢谢童导演。”

方子言默默地关了手机。

电话里的声音很大，小岚全听到了。她很气愤，又很难过，她抬起头，担心地看着哥哥，看着哥哥那双又变得黯然的眼睛。

“哥哥，会有别的路的，别放弃！”小岚给哥哥打气。但其实她心里也方寸大乱，不知怎样带着方子言走出眼前的困境。

“嗯。”方子言点点头，看到懂事的妹妹因为他而承受一次又一次的打击，一次又一次的失望，小小年纪就要学着坚强，不由得一阵心痛。

摸摸小岚的脑袋，方子言说：“很晚了，睡吧！明天，我们再一起想办法。”

第二天清早,两兄妹是被“叮咚叮咚”的门铃声吵醒的。

小岚嗖地坐了起来，睡眼惺忪地坐着发呆。方子言匆匆从杂物间跑了出来，大声问道：“是谁？”

“是我,刘彬！”刘彬一般都是早上九点多才到录音室，不知为什么今天来这么早。

方子言刚打开门，刘彬就张开双手，给了他一个拥抱，然后拍拍他的肩膀说：“子言，‘山重水复疑无路，柳暗花明又一村。’你别担心，比赛的路走不成，咱们还有别的路。

咱们子言是打不死的小强！”

方子言很感激刘彬的安慰和鼓励：“谢谢，谢谢彬哥！”

刘彬拉着方子言：“咱们进屋说。”

走进会客室，刘彬给小岚打了个招呼：“早啊，小朋友！”

然后刘彬笑得一脸灿烂，他往小岚身边一坐，说：“今天我是来告诉你们一个好消息的。你们知道子言那三首歌上传到网上后有多少下载量吗？”

噢，原来是搜歌网的事。这些日子因为全部心思放在《蒙面歌手》的比赛中，他们两兄妹都忘了这件事了。

小岚摇摇头，这不好猜啊！

刘彬先竖起两根手指，然后又竖起五根手指。

方子言说：“两百五十？”

刘彬摇摇头。

小岚说：“两千五百？”

刘彬还是摇摇头。

“难道是两万五千？”方子言有点不自信。

“是二十五万！”刘彬夸张地一拍大腿。

“二十五万？！”小岚和方子言都挺惊讶的。

方子言眨眨眼睛，问：“彬哥，你消息哪儿来的，别是搞错了吧？”

一个署名“无名”的陌生歌手上传的歌，短时间有这样的下载量，是非常好的成绩了。

“绝对没搞错！我昨晚找了我朋友洪安国查询，他刚好在公司值班，是他给我报的数。他还说，他们也曾经以为是系统出错，一个新歌手不可能有这样多的下载量，还特别找技术部门查过，结果证明数字是准确的。”刘彬说着，拍拍方子言的肩膀，说，“子言，电视台要你退赛，咱不怕！条条大路通罗马，咱们就走这条路，同样可以挣到生活费，同样可以发展事业。等歌曲累积到一定的数量，哥替你录制 CD，到市场上卖。我认识好几家音像店的老板呢！我有信心，你肯定能养活自己和依依的。”

原来，电视台要方子言退赛的事，林静已经知道了。林静知道后马上告诉了刘彬，两人都很担心方子言的发展前景，担心他们两兄妹日后生计。刘彬想起了搜歌网的事，便马上找洪安国了解方子言歌曲的下载量，结果令他十分惊喜。

方子言感激地对刘彬说：“彬哥，谢谢了！谢谢你和林静把我们兄妹放在心上，处处替我们着想。”

刘彬摆摆手，说：“不谢不谢！这也算是我们替林铃赎罪吧！”

方子言摇摇头："彬哥千万别这样说，这事从头到尾都不关你们事，何况，林铃当年也是迫于无奈。我也没有怪她。"

刘彬说："不管怎样，我们就当是朋友间的互相帮助吧！噢，对了，安国说，他本来就打算过几天找你的，他们总监想跟你签长期合约。我昨天给他打电话时，吓唬他说要签就要快，迟些会被别的听歌网把你挖走的。结果他说，今天就过来找你。"

正说着，门铃叮咚叮咚地响了起来。

"咦，难道是安国？"刘彬急忙跑去开门。

门一开，一个跟刘彬年纪差不多的年轻人出现在大家面前。

"安国，来得好早啊！"刘彬一把搂住年轻人的肩膀。

"嘿，早点儿签约早点儿放心。"洪安国一边说一边四处瞧，"无名先生呢？不是说他就住在你的录音室吗？"

刘彬把洪安国迎进会客室，他把方子言介绍给洪安国，说："这就是无名。"

"哇，好年轻，好帅！"洪安国惊喜极了，心想，这"无名"肯定很快就会变成"有名"了。

有人唱歌好但样子不一定好看，眼前的年轻人歌唱得好，还长这么帅，红是一定的了。他更坚定了把人签到搜

歌网的决心。他朝方子言伸出手："无名先生，你好你好！没想到，你歌唱得那么好，人还长得这么帅。"

方子言有点不好意思，他跟洪安国握了手，又请他坐下。

"相信刘彬已经说了，请无名先生给我们搜歌网签独家上传的合约，不知无名先生意见怎样。这是拟好的合约书，请你看看。"

一只小手伸过来，拿走了那份合约："给我吧，我是他的经纪人。"

洪安国吓了一跳，他一进来眼睛就盯在方子言身上，没注意会客室里还有个小不点。这时听到小岚说话，才发现还有个小姑娘在。

刘彬早已习惯了小岚的人小鬼大，所以也没特别惊讶，反而给洪安国解释："这是依依，是无名的妹妹。别看她小，主意大着呢！所以你别欺负她。"

"不敢不敢！依依，刚才没看到你，不好意思。"洪安国朝小岚拱了拱手。

小岚耸了耸小鼻子，心想，你当然看不见我了，你的眼珠都快粘到哥哥身上了。她低下头，仔细地看着合约条文。

屋子里另外三个大人，都盯着这个小家伙，看她做出怎样的决定。洪安国就最紧张了，生怕这小孩子一个不高兴，说出个“不”字。

小岚花十分钟看完了合约，洪安国马上问道：“依依经纪人，你觉得怎样？”

小岚不贪心，能让方子言有个发展的地方就可以了。何况，他们是在方子言困难的时候伸出了援手，更是难能可贵。

她点点头说：“可以。哥哥，签约吧！”

洪安国很高兴，之前还怕这个歌手嫌报酬不够丰厚，要求更多的分成呢！他乐呵呵地对小岚说：“谢谢经纪人，谢谢经纪人。”

他跟方子言解释合约要填的资料，包括真实名字、身份证号码、出生年份等。方子言点点头，拿了合约就坐到一边，低头填起来了。填好签了名，把合约交回给洪安国。洪安国喜滋滋地检查有没有填漏了，忽然，他眼睛和嘴巴同时张大，吃惊地说：“方子言？无名是方子言？！”

“是的，怎么样？”方子言看见洪安国这样的反应，马上沉下脸来。

这种反应他见得多了。这两年，每当他去应聘一些临时工作，很多时候对方都会露出像洪安国这样的表情，然后就是一句“对不起，你不符合我们要求”，把他打发走。

“哦哦哦，对不起对不起！”洪安国有点尴尬地说，“我、我可能要回公司请示一下……”

方子言伸手夺过洪安国手里的合约，几下撕得粉碎：“不必了，我不稀罕。”

刘彬生气地说：“安国，怎么可以这样！”

“对不起对不起！”洪安国苦着脸，低头走出了录音室。

刘彬跟着他走了出去，反身关上了门。

“安国，你是不是听到了什么？”

洪安国为难地说：“你没看到吗？今天所有的报纸娱乐版头条全是方子言的新闻。全民声讨，全民抵制，两年前的欺凌、打人事件被重提，《蒙面歌手》决赛资格被取消。我还敢签他吗？回去还不让老板给骂死？”

刘彬瞪着他说：“那你知不知道，他是被冤枉的。”

洪安国耸耸肩：“被冤枉？谁能证明？反正他这次肯定完了，比两年前完得更彻底，他没有翻身之日了。”

“胡说！我就不信这世界就没有公义，没有良知！”刘彬怒不可遏。

“对不起了老朋友，再见！”洪安国夹着公文包，一溜烟地跑了，好像要逃避瘟疫一样。

“你这……”刘彬指着洪安国的背影，想骂句难听的，但又忍住了。骂了有用吗？省省力气好了。

第 18 章 林铃的日记

刘彬返身走回工作室，气呼呼地坐了下来，对方子言说：“子言，安国他……真对不起！”

“别这样说。他是他，你是你，你已经帮我很多了。”方子言摇摇头，又低头不语。

一次又一次的打击，一次又一次的失望，把这个十七岁的少年打击得体无完肤。

小岚坐在哥哥身旁，小眉头皱得紧紧的。

“铃——”方子言的手机突然响了，他愣了愣，慢慢拿出手机接听。

电话里传出一个兴奋的女声：“是方子言吗？我是林静。

快，快打开白桦电视台，有个记者招待会，快开始了。快看，你一定要看！拜拜！”

记者招待会有什么好看的？方子言很疑惑。不过，他还是选择相信林静，一定有原因的。

小会客室有个电视机，刘彬找到遥控器，打开了电视，调到白桦电视台频道。画面上是电视台的会议厅，只见最前面放着一张铺着蓝色绒布的桌子，桌子上有个供讲话者用的麦克风，另外还有几十个不同媒体的录音话筒。会议厅里，坐了百多名男女记者，会议厅的后面，摄影记者们在摆弄着各式各样的摄影机、照相机。

一名主持人手持麦克风走上来，站在桌子一侧，会议厅里马上安静下来。主持人清了清嗓子，说：“各位媒体朋友，你们好！今天的新闻发布会，牵涉两年前一件轰动娱乐圈的大事。该事件由于有新的证人和证据出现，所以将会有一个大颠覆，受害人变成作案者，而当时的作案者却原来是受害人……”

“轰！”会议厅内马上炸开了。

大新闻啊！有什么比案情大反转更吸引人的新闻，还是发生在娱乐圈的。

主持人继续说：“这个事件就是两年前的方子言欺凌和

伤人事件……”

原来是这件事！记者们都像吃了兴奋剂一样，眼睛都发亮了。有关方子言的事最近闹得满城风雨，正是热门新闻啊！

刘彬工作室，小岚兴奋地抓着方子言的手：“哥哥，听见没有，你可能有机会洗脱污名了！”

方子言的脸变得煞白，他的手在发抖，含冤受屈几年，真的有机会摆脱罪名吗？

他不敢抱太大希望，怕希望落空之后更失望。

主持人继续说着：“……下面我们请出汪小青小姐，汪小姐是两年前的事件中，受害人林铃在国外的室友，她今天就是来告诉大家真相的。有请汪小姐！”

一名大约二十五六岁的年轻女子走了出来，她朝会议厅的人鞠了个躬，然后坐到了那张长方形桌子前。

“大家好，我是汪小青，前几天刚从国外留学回来。我四年前去国外读书，最后两年跟一位名叫林铃的女孩子合租一间公寓。林铃人很善良，对人很好，但不知怎的，我总觉得她情绪有点忧郁，不够开朗。有好几次，我还发现她偷偷躲在房间里哭，我很关心她，问她出了什么事，她也没说。只是跟我讲她曾经害过人，她不是个好人，不值得我关心。一个月前，她突然告诉我要回国处理一件重要的事，但并没跟我说具体什么事。第二天一大早她就出门了，我陪她去机场，但没想到半路上遇到车祸，林铃成了植物人。”

“啊？发生这样的事！真惨！”

“太可怜了！”

一众传媒人马上交头接耳，议论纷纷的。

汪小青的声音有点哽咽，她默默地停了一会儿，又说：“我很幸运只受了轻伤，而林铃就撞到了脑袋，伤得很重。陷入昏迷前，她强撑着，断断续续地跟我说了一番话。原来，两年前的一个傍晚，她一个人在琴房练琴，一个叫万家富的富家子弟走进来，要非礼她。她拼死抵抗，却被万家富打了几巴掌，正在这时候方子言来了，见到这情形马上挺身而出保护她。万家富恼羞成怒，便去打方子言。纠缠中，万家富跌倒受了伤。这件事本来道理在那位少年，他是属于自卫还击。但因为万家富有钱有势，让人把琴房的摄像镜头剪走了前半截，只留下方子言打他的镜头。又指使黑社会恐吓年方十六岁的林铃，让她在警方面前做假证供，颠倒黑白把方子言说成了欺负她之后又打伤万家富，令方子言蒙冤受屈。这件事之后，林铃一直受良心谴责，便申

请了去国外公司集训，离开这个让她痛苦的地方。这件事一直埋在林铃心中，她知道自己错了，恩将仇报，毁了方子言的大好前途。她之所以突然回国，其实就是想回去澄清事实，还方子言一个清白，可惜不幸遇到车祸……”

“天哪，真相竟然是这样！”

记者们听了汪小青的转述，十分震惊。但他们又马上摇头表示遗憾，有人说：“即使方子言真是被冤枉的，但想翻案并不容易。当事人林铃成了植物人，不能做证，仅凭她室友的话是不足以证明什么的。”

汪小青继续说：“林铃被家人接回国后，她原来住的房间住进了一位新的住客。新住客在收拾房间的时候发现了一本笔记本，她拿来给我，说可能是原来的住客留下的。我一看，原来是林铃的日记本！出于对林铃的关心，我征得林铃父母的同意后，看了她的日记，竟然发现日记中很详尽地记录了当年那件事的真相……”

记者席中炸开了。日记，这可以做物证啊！找警方做字迹鉴定，只要能证实日记的确是林铃写的，那就行了。

“我决定把日记带回国，看能不能为林铃做些什么。”汪小青样子变得很气愤，“因为我这些年都在国外，对国内的新闻接触不多，回国后，我通过新闻知道了，好人方子言因此前途被毁、名声坏掉，成了人人喊打的坏人，甚至在两年后的今天，他用自己的努力在比赛中取得好成绩，竟然又因为被人翻出这陈年旧事，被取消了参赛资格。而那个真正的坏人，却顶着社会精英的光环，成了人们眼中的正人君子。知道这些后，我感到无比的愤慨，试问公义何在？为什么好人受屈，坏人当道，一个大好青年，竟然被这样毁掉！所以，在林铃亲人的大力支持下，我决定向媒体公布真相，替林铃完成心愿。我愿做人证，而日记本可以作为物证，希望有关部门，重审当年事件，还方子言一个公道。林铃那本日记，已由她的亲人交给了警方……”

“轰……”发布会现场马上炸开了，记者们全都埋着头，双手飞一般地码字，争取尽快把消息发回所属传媒公司。而摄影记者则第一时间传输照片和摄录的视频……

一直坐在角落里的林静，此时正手拿电话不知跟什么人通话，听着听着，她突然站了起来，一脸的狂喜，大喊道：“什么？林铃醒了？！”

第 19 章 蒙面歌王

《蒙面歌手》总决赛的日子到了。

白桦电视大厦前面长长的通道上，人流络绎不绝。这些人里面，有参加节目的现场观众，有来采访的记者。

由于这场是决赛场，所以观众名额增加了，从之前的六百名增加到一千名。观众们对这场总决赛十分期待，因为晋级歌手中，曾一度被踢走的方子言恢复参赛资格，成了前三名的大热人选，到时候龙争虎斗，肯定十分精彩。

记者们对这次采访寄予极大期望，因为决赛歌手之一方子言，是近来的新闻热点人物——蒙冤两年一朝恢复名誉，陷害他的万家富因做伪证及诬陷他人两项罪名被捕。

还有方子言化名“无名”的三首歌曲进入网络十大好歌风云榜前十名，反正这十多天里，他的名字一直在网络热搜上占据榜首。

所有媒体都想找他做深度访问，只可惜方子言十分低调，一直躲起来练歌。所以，记者就只能在方子言比赛前后，对他进行围、追、堵、截了。据说今天到的媒体特别多，连偏远省份的都来了，大家都摩拳擦掌，希望能找到独家新闻。

新闻人物方子言此刻正坐在休息室内，和妹妹说悄悄话。几天来他的命运发生了翻天覆地的变化，压在心头多时的大山被推翻，他不再是那个人们心目中的坏孩子了，不管是认识或不认识的人见了他，都是满面善意的笑容。有的人则是一脸歉意，为自己之前对他的误会甚至伤害而懊悔。而一些歌坛前辈如梁凉等，见了就都是一番鼓励，祝他在《蒙面歌手》比赛中取得好成绩。

刚才走进休息室时，早到的歌手还马上起立，鼓掌欢迎他呢！

眼看录影时间快到了，总导演童晖走进来，对歌手们打了个招呼，然后就叫他们做好出场准备。

进入总决赛的八位歌手在半决赛时已经揭面，所以这

场比赛不再蒙面。歌手通过抽签被分成上下场两个小组，小组中四人分别进行车轮战，由场内观众即时投票评分，决定出组内的总冠军候选人。接着，由五十一人组成的专业评委团会对两位组内冠军进行终极投票，获胜者将直接荣获“蒙面歌王”称号，捧走歌王奖杯。

火星大侠也披荆斩棘进入了总决赛，这次决赛抽签抽到了红组，而方子言抽到了蓝组。比赛快开始时，火星大侠朝方子言笑着说：“说不定最后是咱俩争夺歌王呢！”

方子言对这位爽朗直率的老大哥很有好感，于是笑着说：“我很期待。”

比赛开始了。红组四名歌手先赛，结果火星大侠真的赢了，成为红组的冠军候选人。

火星大侠走下台时，开心地和方子言碰了碰拳头：“小弟弟，努力啊！我等着和你的巅峰对决！”

方子言上台时，台下马上响起了热烈掌声，掌声经久不息，方子言深深鞠躬，然后向乐队示意开始。

方子言接下来要唱的这首歌，叫《真心英雄》。

“……平凡的人们给我最多感动，再没有恨也没有了痛，但愿人间处处都有爱的影踪……”

方子言声音的先天条件很好，唱起歌来可以醇厚而深情款款，也能轻柔婉转、超脱淡然。他用全部感情，把这首充满正能量的歌唱得极为感人，令现场的人如痴如醉、深陷其中。

“不经历风雨，怎么见彩虹，没有人能随随便便成功……”

昂扬的歌声、励志的歌词，更是激发了所有人心中的那个梦，令每个人的眼睛都亮晶晶的，好像都找到了人生方向、找到了奋斗目标。

当音乐停下，歌声停止时，全场掌声雷动。毫无悬念的，方子言拿到了蓝组的出线权，他将和火星大侠争夺歌王。火星大侠是国内一线歌手，方子言跟他对决，谁胜谁负很难预料。

不过，不需要太伤脑筋去想这个问题，因为最后的争夺战马上要开始了。火星大侠先唱，方子言随后。

火星大侠唱的是一部歌剧里的歌，他一口华丽的男高音，一开腔就镇住了现场所有人：

“多么美好啊，晴朗的早晨。芳草萋萋，空气清新怡人……”

华丽的音色、优美的旋律，真能绕梁三日！

观众们都觉得，方子言这回可能要输了，因为火星大

侠唱得实在太好了，太值得让人投他一票了。

方子言淡定地走上舞台，临上台前妹妹一声“加油”让他充满斗志。他今天唱的歌是《但愿人长久》，歌词是宋代诗人苏轼所作。

“明月几时有？把酒问青天。不知天上宫阙，今夕是何年，我欲乘风归去，又恐琼楼玉宇，高处不胜寒。起舞弄清影，何似在人间……”

方子言唱得太好听了！简直令人起鸡皮疙瘩。

“转朱阁，低绮户，照无眠。不应有恨，何事长向别时圆？人有悲欢离合，月有阴晴圆缺，此事古难全。但愿人长久，千里共婵娟。”

一曲唱完，观众席一片寂静，大家都忘了鼓掌了。万万没想到，一个男声，竟然可以把这首歌唱得这样轻柔似水、仙气四溢，令人感到不可思议。

十多秒钟后，人们才突然爆发出掌声。有人激动地大声喊道：“子言！子言！子言！……”

一个声音加进来，十个声音加进来，百个声音加进来……

整个大厅都在喊着子言的名字。

直到总导演发现预定时间过了，朝主持人打手势，胡萌萌才走上去，大声说：“谢谢大家！”

看到主持人上台，观众才慢慢安静下来。

主持人用充满激情的声音说：“刚才两位决战歌手已经表演完了，究竟大家是喜欢火星大侠朱文亮激情澎湃的《我的太阳》，还是喜欢白兔小哥哥方子言柔和婉转的《但愿人长久》？请大家用手中的投票器做出你的选择。”

屏幕上投票器的数字又开始翻滚了——

一会儿，朱文亮的票数领先，一会儿，方子言的票数领先，舞台大屏幕上显示的计数器，双方票数开始不断攀升。

人们全都兴奋地看着屏幕，有人在大声喊着：“文亮！文亮！”

也有人在大声喊着：“子言！子言！”

不断滚动着的数字，最终停了下来。胡萌萌激动地喊道：“结果出来了，朱文亮获得四百八十二票，方子言获得五百一十八票。方子言获胜！祝贺方子言成为蒙面歌王！”

全场欢声震天、掌声雷动。所有人都起立鼓掌，祝贺蒙面歌王的诞生，也祝贺方子言洗脱冤屈，从此星途灿烂。

掌声中，方子言用眼睛搜寻着那个小小的身影，终于在台下观众通道上发现了小岚，他跳下舞台跑到妹妹跟前，一把抱起她，然后跑回舞台。他要和妹妹一起分享荣耀，一起接受观众的欢呼和掌声，如果没有妹妹，他可能现在仍像一只可怜的、被人遗弃的小狗一样，形单影只地在街头流浪，过着没有希望没有明天的日子。

观众们见到小天使般的小姑娘，喊声更大了，掌声更响了。他们衷心地为这两兄妹祝福，希望他们有更美好的未来。

《蒙脸歌手》完美落幕了，方子言拉着妹妹的手走进后台，正好看到林静推着一辆轮椅走过来，轮椅上，坐着一个手抱鲜花的女孩子。她脸色苍白，但带着笑容。她把手中一束花献给方子言，说："祝贺你。"

是林铃！她苏醒后第一时间勇敢地站出来指证万家富，为方子言的无辜提供了最有力的证据。

方子言接过鲜花，对林铃说："谢谢你，祝你早日康复！"

林铃神情有点激动，她看着方子言，小声说了一句："对不起！"

方子言豁达地说："都过去了，朝前看吧！"

林铃的眼泪唰地流了出来。林静怕她哭出声来，便抱歉地朝方子言点了点头，急忙把林铃推走了。

这天晚上，刘彬特意买了很多好吃的、好喝的，为方子言荣获蒙面歌王而办了个小小的庆祝会。

还没正式开始，工作室的门铃就响了，原来是林静来了。

林静递给方子言一个文件袋，说："白桦电视台艺人部何经理托我带给你一份艺人合约，电视台想签你为他们的艺人。何经理说先让你看看，有什么不满意可告诉她。如果没什么修改意见，她明天就来找你直接签约。我看了一下，条件还挺优厚的，可以签。"

"谢谢你！"方子言接过文件袋，放在一边。他倒了两杯果汁，一杯递给林静，一杯拿在自己手里，他对林静说："谢谢你让当年的欺凌事件真相大白。"

记者招待会上，汪小青口中支持和帮助她召开记者招待会、支持她把日记交给警方的林铃的亲人，其实就是林静。当林静知道汪小青手中有林铃的日记本时，就连夜找到汪小青，支持她站出来，说出当年真相。当汪小青答应后，她又找到电视台领导，以她的诚恳说服了台长同意安排记者招待会，最终把当年真相公布于众，还了方子言一个清白。

林静跟方子言碰了碰杯，把果汁喝了，然后说："这是我应该做的。"

方子言又倒了杯果汁，递给刘彬："彬哥，我也要谢谢你。我们本来不认识，萍水相逢，但你却毫不犹豫地给了我很多帮助。"

刘彬笑着说："哈哈哈，因为你值得我帮嘛！"

小岚在一旁笑嘻嘻地看着，为方子言有这两位热心肠的朋友而感到无比安慰。将来即使自己离开这里，也可以放心了。

一直到九点多，林静和刘彬才离开了工作室。方子言见小岚困了，忙叫她洗漱一下先去睡，自己收拾屋子。小岚躺在沙发上，看着边小声哼歌，边擦着桌子的方子言，情不自禁地喊了一声："哥哥！"

方子言一扭头，问："嗯？"

小岚脱口说："哥哥，你要一直快乐下去。"

方子言看着妹妹那双明亮的大眼睛，笑着说："嗯，我会的。"

小岚笑了，笑得眼睛弯弯，笑得小嘴翘翘，她觉得自己不枉来这里一趟了。

小岚做着甜甜的梦睡着了。

当她睁开眼睛的时候，已经是阳光灿烂的早晨。卧房里布置得温馨典雅，阳光透过落地窗，透过浅绿色的纱帘，淡淡地落在复古的意大利地砖上。

她本能地觉得有什么不对，咦，这房间，这落地窗……

正发呆时，房门一响，玛娅走了进来，她朝小岚行了

个礼，笑着说：“公主殿下得赶紧起来了，十点一刻，你要陪同国王陛下接见外国来宾呢！”

小岚腾地坐了起来：“玛娅？你是玛娅？！”

玛娅愣了愣，惊讶地看着小岚：“我是玛娅。公主，你怎么了？”

小岚哈哈地笑了起来：“我回来了！我回来了！”

小岚回来了，回到了爱她的人们身边。她又变回了那位美丽高贵的乌莎努尔公主，变回了宇宙精英学院的学生。

不过，她还常常想起自己在另一个世界的哥哥方子言。

希望真正的方依依能回到哥哥身边，希望哥哥前程似锦，永远快乐下去！